COLLECTION FOLIO

Erskine Caldwell

# Un patelin nommé Estherville

*Traduit de l'anglais*
*par Charles Lecotteley*

Gallimard

*Titre original :*
A PLACE CALLED ESTHERVILLE

Erskine Caldwell est né à White Oak, près d'Atlanta, en Georgie, où son père était pasteur. Sa mère descendait d'une famille distinguée de Virginie. Son père était un personnage très connu dans les milieux protestants du Sud. Tous deux furent des universitaires. Erskine Caldwell lui-même a fait des études aux universités de Virginie et de Pennsylvanie. Mais il ressentit de bonne heure la vocation d'écrire et, comme tant de romanciers américains, plus qu'aux livres, il s'est adressé directement à la vie pour faire son apprentissage d'écrivain. Il nous a raconté lui-même dans *Call it Experience ; the Years of Learning How to Write* (1951), comment en 1926, il quitta le journal d'Atlanta où il travaillait pour se retirer dans une ferme presque abandonnée du Maine et commencer là à écrire. Sa vie était dure, et il connut la faim et le froid.

Après avoir publié *The Bastard* (1929) et *Poor Fool* (1930) [Un Pauvre Type], deux récits, dont le second surtout donne déjà les couleurs les plus violentes de la manière de Caldwell et s'apparente au genre « noir », le succès est venu avec la publication de *Tobacco Road* (1932) [La Route au Tabac], puis de *God's Little Acre* (1933) [Le Petit Arpent du Bon Dieu], qui firent connaître son nom à des millions de lecteurs, dans le monde entier.

*Première partie*

# PREMIER PRINTEMPS

# I

Pour la saison, il faisait plutôt frais à l'intérieur de cette maison de Greenbriar Street, imposante avec ses deux étages et les colonnes de sa façade. Mais une brise tiède de printemps, qui sentait le jasmin humide, soufflait par les fenêtres ouvertes et faisait par instants frissonner le journal du dimanche sur la table de la cuisine. Dehors, des deux côtés de la rue pleine d'ombre, les feuilles des chênes ne cessaient de s'agiter dans le vent. Un fermier arriva à toute allure dans sa conduite intérieure couverte de boue et prit sans ralentir le virage devant la maison Singfield, en direction de l'église baptiste où le service était déjà commencé.

Confortablement assis à la table de la cuisine, les bras appuyés sur la toile cirée blanche, les chevilles l'une sur l'autre, Ganus Bazemore lisait pour la troisième fois les seize pages du supplément illustré de la *Gazette du Dimanche.* Ganus était grand, souple d'allure ; il avait dix-huit ans, le teint doré et les cheveux coupés court. Il avait presque terminé son ouvrage de la matinée et il était encore trop tôt pour se mettre à préparer le déjeuner du dimanche. Il y eut un peu de bruit derrière lui : tournant la tête, il vit

Stephana dans l'encadrement de la porte. Il se leva immédiatement et commença à tirer nerveusement sur sa veste blanche empesée. D'ordinaire, elle ne se levait le dimanche matin qu'à l'heure de déjeuner avec ses parents.

« Bonjour, mademoiselle Stephana », dit-il rapidement. Maladroit, il n'arrivait pas à boutonner le col de sa veste. « Je ne pensais pas que vous vous lèveriez si tôt aujourd'hui. J'ai dû oublier l'heure. »

Stephana était appuyée contre le montant de la porte, une moue impudente aux lèvres. « Il fait beau, aujourd'hui », remarqua Ganus qui, visiblement, pensait à autre chose. Elle se mit à bâiller. Ses cheveux noirs n'étaient pas peignés, elle portait un pyjama de soie jaune à demi déboutonné, et des mules de satin d'un rouge violent. C'était une belle fille, grande et mince comme sa mère, avec de grands yeux marron et des lèvres rouges et charnues. Malgré ses seize ans, elle était déjà en troisième au collège et, avec la permission de ses parents, des jeunes gens venaient la chercher le soir ou l'emmenaient en voiture, le samedi ou le dimanche après-midi. Son père, Charles Singfield, propriétaire de la plus grande quincaillerie de la ville et directeur de l'usine de tourteau, était assez riche pour donner à sa femme et à sa fille à peu près tout ce qu'elles demandaient. Le père de Charles lui avait laissé cette grande maison blanche et imposante dans Greenbriar Street, qu'il avait fait construire en se retirant de la plantation. C'était l'édifice le plus imposant d'Estherville, et souvent quand, par inadvertance, des visiteurs entrevoyaient la misère puante des quartiers nègres au sud de la ville et faisaient des commentaires désobligeants sur le délabrement des cabanes, on faisait lentement passer la voiture dans

Greenbriar Street et on leur exhibait la maison Singfield comme exemple typique de l'architecture locale.

Stephana passa une main dans ses cheveux ébouriffés qu'elle renvoya en arrière d'un mouvement vif. « Quelle heure est-il, Ganus ? demanda-t-elle d'une voix somnolente. Je me suis réveillée et je n'arrive pas à me rendormir. »

Ganus regarda la pendule sur le mur. « Il est presque onze heures, mademoiselle Stephana. » Il la regardait avec admiration. « Vous avez dû vous coucher tard, mademoiselle Stephana ? Vous avez l'air de dormir debout. Elle l'approuva mollement de la tête.

— Je suis sortie hier soir avec des amis et je ne suis pas rentrée avant trois heures du matin. La main devant la bouche, elle bâilla encore. Je me suis amusée ! J'étais avec un garçon gentil ! Mais gentil ! Elle sourit d'un air rêveur. Mais il était terriblement timide ! »

Ganus se mit à regarder les mules de satin rouge. Il savait qu'elle le regardait encore et il n'était pas à son aise. Il sentait le silence de cette grande maison lui bourdonner aux oreilles et il cherchait désespérément quelque chose à dire. Il se dandinait sur place. « Votre papa et votre maman sont déjà partis pour l'église, mademoiselle Stephana, dit-il, pris d'une soudaine inspiration. Monsieur Charley a dit qu'aujourd'hui, ils iraient même à l'école du dimanche. » Il savait qu'elle l'examinait et ne put résister à la tentation de la regarder. Il leva la tête et ses yeux étonnés rencontrèrent son regard nonchalant. Une émotion le prit à la gorge. Ce n'était pas la première fois qu'elle le regardait ainsi ; le battement provocant de ses cils sombres lui faisait peur, mais comme toujours elle le fascinait. A la mort de leur mère, sa sœur Kathyanne et lui étaient venus vivre à la ville, chez tante Hazel. Il travaillait chez les Singfield depuis l'été précédent, et dès le début il avait été sous le charme de Stephana. Elle faisait de lui ce qu'elle voulait, et bien souvent il était heureux de se laisser taquiner. Ainsi, un jour, elle était entrée dans la cuisine en serrant contre elle un oreiller et, avec une impudence de petite fille, l'avait mis au défi de le lui arracher. Heureusement pour Ganus, Madame Singfield était rentrée, et Stephana avait dû remonter en vitesse dans sa chambre. Ganus avala péniblement sa salive et se mit à parler très vite pour essayer de cacher son trouble :

— Monsieur Charley a dit qu'il n'allait pas souvent à l'église, mais que, tant qu'à y aller, il ferait bien les choses, qu'il n'y retournerait peut-être pas avant six mois et qu'il tenait à ce que le prédicateur lui en donne pour tout l'été.

Tout à coup, il se demanda pourquoi elle était descendue à la cuisine au lieu de sonner.

Elle restait debout dans l'encadrement de la porte avec le même air provocant qu'il lui avait déjà vu. Ganus continuait à se dandiner d'un pied sur l'autre.

— C'est tout ce que papa a dit, Ganus ? demanda-t-elle avec un sourire enjôleur.

De nouveau la gorge lui fit mal et il humecta ses lèvres sèches. Il savait bien qu'elle prenait plaisir à le faire enrager, mais comment la faire cesser ?

— Réponds, Ganus, dit-elle avec une insistance d'enfant.

— Mademoiselle Stephana, je vous en prie, ne vous mettez pas à parler comme ça ! dit-il avec le sentiment de l'irrémédiable.

— Pourquoi, Ganus ?

— Mademoiselle Stephana...

— Es-tu timide, toi aussi ?

— S'il vous plaît, mademoiselle Stephana...

— Alors, réponds !

— Si seulement vous ne cherchiez pas à me faire dire...

Elle frappait du pied avec énervement.

— Parce que vous savez aussi bien que moi ce que votre papa a dit la dernière fois ! Voilà pourquoi ! » Il parlait avec plus de brutalité que d'ordinaire, mais il sentait qu'il y avait des sujets qu'il fallait l'empêcher d'aborder. « Qu'est-ce qu'il a dit papa ? » Son innocence était bien jouée. « Vrai, j'ai oublié, qu'est-ce que c'était ? »

Ganus s'agrippa au coin de la table derrière lui. Il se rendait compte à quel point il était impuissant devant elle. « Vous savez ce que monsieur Charley a dit qu'il me ferait si... si je ne restais pas à ma place. S'il vous plaît, mademoiselle Stephana, ne m'amenez pas d'ennuis. Vous savez, c'est déjà assez moche de ne pas ressembler aux blancs autour de soi. Alors, s'il vous plaît, n'aggravez pas ma situation. J'ai envie de bien faire. Un homme de couleur n'a pas d'autre moyen de se débrouiller dans la vie. Vous savez bien, mademoiselle Stephana ! » Il espérait bien qu'elle allait répondre qu'elle ne lui voulait pas de mal malgré ses taquineries. Il ne vit qu'une expression moqueuse sur son visage. Brusquement il se retourna et, en s'agitant beaucoup, se mit à lui préparer son petit déjeuner. Elle attendait qu'il veuille bien la regarder. « Ganus », commença-t-elle d'un ton traînant mais caressant. Il lui tourna le dos et se mit à parler fort, dans l'espoir de l'empêcher de continuer.

— Madame Stella m'a dit de vous faire une jolie

omelette bien légère, si vous étiez prête pour le petit déjeuner, et vous arranger des tas de rôties, avec beaucoup de beurre et...

Il s'arrêta brusquement en entendant les hauts talons de ses mules sur le plancher. Un instant plus tard, elle était à côté de lui.

— Je ne veux pas de ta saleté d'omelette, Ganus Bazemore ; je veux des œufs brouillés, avec de la crème et des tranches de tomates dedans, et puis du jambon.

Ganus la regarda d'un air inquiet : « Mais, Madame Stella m'a bien recommandé de vous faire une bonne omelette, et vous savez bien que j'obéis à votre maman.

— Tu as entendu, n'est-ce pas, Ganus Bazemore ? dit-elle d'un ton autoritaire. Oui ou non, vas-tu faire comme je te dis ?

— Oui, Mademoiselle, répondit-il d'un ton humble.

— Alors, fais comme je te dis, et cesse de me répondre. Pour qui te prends-tu ? Je ne le supporterai pas une minute de plus. Tu as compris, Ganus ?

— Oui, j'ai compris, mademoiselle Stephana. » Il hocha gravement la tête et se dirigea vers le fourneau. L'instant d'après elle était de nouveau tout près de lui, et le regardait casser trois œufs et se mettre à les battre dans un saladier. Il essayait d'éviter ses yeux, mais elle lui arracha le saladier des mains et le laissa tomber sur la table. Puis elle se tourna vers lui avec un sourire.

— Cela ne te dit rien de m'obéir, hein, Ganus ? La voix était grave et chaude. Il se sentit les jambes molles. Elle était maintenant tout près de lui, si près qu'il sentait l'arôme douceâtre de son corps et était fasciné par le mouvement rythmique de ses jeunes seins dans la profonde échancrure de son pyjama.

— Ça ne te dit vraiment rien, Ganus ?

Il recula et passa la langue sur ses lèvres sèches. Il était à ce point affolé par son parfum qu'il en avait oublié ce qu'elle demandait avec tant d'obstination.

— Ganus !

— Quoi ? Qu'est-ce qu'il y a, mademoiselle Stephana ?

— J'ai dit : cela ne te dit rien de m'obéir, Ganus ?

— Mademoiselle Stephana, vous savez bien que je ne demande pas mieux que de vous obéir. Je vous jure que je fais de mon mieux.

Avec un mouvement provocant des hanches, elle s'assit sur le bord de la table et se mit à balancer les pieds dans le vide.

— Ganus, dit-elle, qu'est-ce qu'il t'a dit, papa ?

— Oh ! il n'a pas dit autre chose, mais j'ai bien compris quand même.

Elle rejeta la tête en arrière et éclata de rire. Les pieds qui se balançaient dans le vide devinrent une tache éblouissante et vaguement rouge. On aurait dit que son rire emplissait la maison d'un écho moqueur.

— Tu as peur, Ganus ? finit-elle par dire.

Il dut prendre une profonde aspiration avant de lui répondre.

— Bien sûr, mademoiselle Stephana. C'est une peur que je sens jusque dans la moelle de mes os. Je ne suis qu'un domestique de couleur et je ne l'oublie pas.

— Peur de moi ?

Ganus ne répondit pas et les pieds accélérèrent leur mouvement sous la table.

— Mais pourquoi, Ganus ? Comment veux-tu que je sache, si tu ne m'expliques pas ?

— Mademoiselle Stephana, vous savez aussi bien que moi que ce n'est pas vrai.

Elle lui rit au nez et se redressa ; les mules de satin rouge s'arrêtèrent sous la table.

— Regarde-moi donc, Ganus. Je ne te plais pas ?

Il eut un mouvement nerveux et saccadé de la tête. Un instant il ne vit plus que deux yeux marron devant lui, tandis que des pensées confuses s'affolaient dans sa tête. « Oh ! bien sûr, vous êtes jolie, mademoiselle Stephana. » Il ne reconnaissait pas le son de sa propre voix. Les idées qui défilaient en lui le surprenaient, et lui faisaient peur en même temps, mais il ne parvenait pas à les chasser. « Vous êtes la plus jolie... je n'ai jamais vu personne de plus joli, et si seulement le Bon Dieu avait... avait...

— Avait quoi, Ganus ? dit-elle vite en se penchant en avant. Les épaules frémirent imperceptiblement. Avait quoi, Ganus ? Dis vite, il faut que je sache. »

Il sentait une moiteur froide sur son front et quand il regarda ses mains, il vit des gouttelettes de sueur apparaître sur la peau. « Je voudrais bien que vous cessiez de me taquiner là-dessus. Ce sont là des choses contre lesquelles on ne peut rien. Ce n'est pas bien, mademoiselle Stephana, pas bien du tout !

Elle lança un pied en avant et regarda le satin rouge d'un air songeur. Puis elle rejeta la tête en arrière et le regarda en face :

— Ganus, que ferais-tu si... si nous étions tous les deux pareils ? » Il comprit immédiatement ce qu'elle voulait dire et détourna le regard vers l'ombre de la rue. « Y as-tu pensé, Ganus ? Tu y as pensé, n'est-ce pas, Ganus ? » Il ne lui répondait pas. « Moi, j'y ai pensé, et toi aussi, je sais que tu y as pensé !

— S'il vous plaît, mademoiselle Stephana, ne me faites pas dire ça.

— Je te promets de ne rien dire à personne. » Son buste tendu se penchait en avant. « Je te jure ! »

Ganus n'arrivait pas à avaler sa salive. « Mademoiselle Stephana, ne me parlez pas comme ça. Il ne faut pas essayer de me faire dire des choses. Vous savez bien, je vous ai dit la dernière fois qu'un garçon comme moi doit la fermer sur certains sujets. Je ne veux pas de ces ennuis-là. Bien sûr je sais bien qu'il y a des hommes de couleur qui se sont laissé faire, et les blancs les ont mis dans un beau pétrin. Moi je ne tiens pas à ce que ça m'arrive. Si le Bon Dieu veut bien, je n'aurai pas de ces sales histoires, et ça toute ma vie. Alors, n'en parlez plus, mademoiselle Stephana.

— Comment ! tu me réponds, maintenant ! » Le dessin de ses lèvres serrées se durcit.

— Vous ne m'avez pas compris, mademoiselle Stephana, essaya-t-il d'expliquer. Je vous disais seulement ce qui me tourmentait. Vous savez bien que je ne voudrais pas vous répondre.

— Ganus, pique l'équilibre sur la tête, ordonna-t-elle.

Il avait toujours fait toutes ses volontés et souvent en lavant la vaisselle, en faisant les lits ou en balayant, il se demandait ce qu'elle lui commanderait de faire en revenant de l'école. Il en était venu à attendre ses caprices pour y obéir, même les plus difficiles ou les plus absurdes, et il se sentait toujours frustré de l'occasion de lui plaire quand elle ne rentrait pas avant la nuit… Que n'avait-elle pas inventé ? Lui faire faire des rétablissements dans le garage jusqu'à ce qu'il tombe d'épuisement, ou lui faire se piquer des épingles sous la peau, jusqu'à ce que les paumes calleuses ou les plantes des pieds aient l'air couvertes de métal. C'était tous les jours qu'elle inventait une difficulté nouvelle ;

mais ses exigences avaient beau être cruelles ou pénibles, il avait toujours fait de son mieux. Cependant, c'était la première fois qu'elle lui ordonnait de faire l'équilibre sur la tête et il se demanda si, depuis le temps, il saurait encore. « J'ai dit sur la tête, Ganus Bazemore ! M'as-tu entendu ? »

Soumis, il s'avança au milieu de la cuisine et mit les mains au sol. Il ne regardait pas Stephana, mais il voyait bien les mules de satin rouge se balancer sous la table. Il mit la tête sur le plancher entre ses mains à plat et lança les jambes vers le plafond. D'abord, il faillit perdre l'équilibre, puis, en agitant frénétiquement les pieds, il eut la surprise de constater que ce n'était pas si difficile de rester sur la tête. Mais le temps lui paraissait long et il se sentit bientôt pris de vertige. Il attendit, espérant que Stephana allait lui dire de se remettre debout et, quand elle sauta de la table et se dirigea vers la porte, il se sentit perdre l'équilibre et remit les pieds au sol. Il resta sur les genoux en attendant que le vertige passe, puis, fier de sa prouesse, se remit lentement debout. Ce fut alors que Stephana revint sur ses pas et le gifla de toutes ses forces.

— Voilà pour t'apprendre à me demander la permission, Ganus Bazemore, dit-elle furieuse. Cela t'apprendra peut-être pour la prochaine fois !

Il recula hors de l'atteinte d'une seconde gifle et resta planté là avec un sourire incertain, en se frottant la joue. Jamais elle ne l'avait frappé si dur et des larmes qu'il n'arrivait pas à réprimer, commencèrent à lui brouiller la vue. Stephana alla à la table, saisit violemment le supplément illustré, et sortit à grands pas de la cuisine.

— Apporte-moi mon petit déjeuner, et tout de

suite », dit-elle en sortant. Bien qu'elle ne le vît plus, Ganus fit oui d'un air humble et soumis et prit sur la table le saladier d'œufs. Il resta tourné vers la porte jusqu'à ce qu'il n'entendît plus son pas. Tout en coupant ses tomates, il frottait sa joue brûlante contre le frais de sa manche. Pour la première fois peut-être, il lui en voulait. Tant que dura la douleur, il eut envie de partir, de trouver une place où on ne le traiterait pas comme cela. Mais bientôt, dès que sa joue lui fit moins mal, il eut presque honte d'avoir pensé quitter les Singfield et Stephana. Quand les œufs et le pain qrillé furent prêts, il disposa soigneusement l'argenterie et la vaisselle sur le plateau, traversa la maison, et monta l'escalier jusqu'au second. Dans le couloir qui menait à la chambre de Stephana, il décida de travailler plus dur que jamais, afin que les Singfield le laissent vivre chez eux toute sa vie. Cependant, quand il vit la porte devant lui, il sentit de nouveau cette émotion familière le prendre à la gorge. Il désirait entrer dans la pièce où elle se trouvait, mais, en même temps il se rendait plus que jamais compte avec quelle facilité elle pourrait lui attirer des histoires. Planté devant la porte, il retardait autant que possible l'instant où il lui faudrait entrer. Et cette fois, décida-t-il en lui-même, rien ne l'empêcherait de quitter la chambre au plus vite. Il frappa, ouvrit et entra. Ses mains commencèrent à trembler. Evitant soigneusement de la regarder, il alla vers la table de nuit et faillit laisser tomber le plateau. Elle avait jeté à terre le pyjama jaune, et pour éviter, au dernier moment, de marcher dessus, il dut faire un brusque écart. La vaisselle fit un bruit terrible mais il s'arrangea pour poser le plateau sur la table avant que rien ne se renverse. Pendant qu'il enlcvait le couvercle du plat d'œufs et de tomates et versait le café d'une main tremblante, il entendit le rire étouffé de Stephana. Puis, sans l'avoir regardée, il se dirigea très vite vers la porte.

— Pourquoi te sauves-tu comme cela, Ganus? appela-t-elle d'une voix de gorge. Tu trembles? Qu'est-ce qu'il y a, Ganus?

Il s'arrêta, sans oublier sa décision de quitter la pièce; mais, avec une résignation impuissante, il se retourna et la regarda pour la première fois depuis qu'elle avait quitté la cuisine. Elle s'était peignée et, assise dans le lit, riait en serrant un oreiller entre ses bras.

— Il n'y a rien, mademoiselle Stephana, répondit-il sans conviction, en essayant de mettre dans sa voix un calme qu'il ne ressentait pas. Il y a seulement qu'il faut que je redescende finir mon travail à la cuisine avant le retour de madame Stella et de monsieur Charley. Je ne tiens pas à ce que votre maman trouve la cuisine en désordre. Oh! non. C'est la seule chose qui fasse rouspéter madame Stella. Elle ne peut pas supporter de voir la cuisine en désordre. Oh! non alors.

— Reviens ici tout de suite, Ganus!

— Qu'y a-t-il, mademoiselle Stephana?

A regret, il fit quelques pas vers elle. Elle serrait l'oreiller d'un air exalté.

— Je veux te demander quelque chose.

— Oui, mademoiselle Stephana », murmura-t-il en tremblant de tout son être à l'idée de ce qu'elle allait dire. Stephana se pencha en avant sans se soucier de l'oreiller qui s'affaissait entre ses bras. « Ganus, dis-moi la vérité. Que ferais-tu maintenant si tu pouvais faire tout ce que tu veux, en étant sûr que personne n'en saurait jamais rien?

— Je m'en irais tout de suite à la cuisine, mademoiselle Stephana. » Derrière son dos, il serrait ses mains moites l'une contre l'autre.

— Non, Ganus, dit-elle d'un air tendu. Allons, dis-moi la vérité vraie. Il faut que je sache.

— Que vous sachiez quoi ? demanda-t-il avec un regard vers la porte derrière lui.

— Si tu pouvais faire tout ce que tu veux...

— Je ne sais pas de quoi vous voulez parler, dit-il avec désespoir. Prenez donc votre petit déjeuner avant qu'il ne refroidisse.

— Ganus... Elle lui parlait avec la patience d'une grande personne à l'égard d'un enfant.

— Non, mademoiselle, je ne veux pas le savoir.

— Mais si, tu le sais aussi bien que moi.

— Je vous en prie, mademoiselle Stephana, ne me faites pas dire... Je sais bien ce que vous avez dans l'idée. Toute ma vie je ferai ce que vous me demanderez, si seulement vous me laissez partir comme je devrais. Voilà tout ce que je demanderais, mademoiselle Stephana.

Elle se déplaça dans le lit et l'oreiller tomba sur le plancher. Il fit une prière pour qu'il arrive quelqu'un, comme le jour où elle était venue l'agacer dans la cuisine. Mais en même temps, à l'idée qu'on pourrait entrer et le trouver là, son cœur s'arrêta presque de battre.

— Mademoiselle Stephana, on va m'écorcher vif si on me trouve ici, plaida-t-il avec l'énergie du désespoir. On n'y pourrait rien, vous le savez bien, on me tuerait, pour sûr, si on me trouvait maintenant... je sais ce que je dis... c'est la vérité du Bon Dieu, mademoiselle Stephana.

— Tu m'as promis, tout à l'heure, de faire tout ce que je te dirais, n'est-ce pas Ganus ?

— Oui, mademoiselle Stephana, et je vous le promets encore, si vous me laissez partir maintenant.

— Tu ne vas pas tenir ta promesse, Ganus ?

— Je ne sais pas, je ne croyais pas que vous pensiez à cela. Je croyais que vous pensiez à des rétablissements, à des équilibres sur la tête, ou à d'autres trucs comme ça. Tenez, si vous voulez, je vais me mettre sur la tête, et je vais y rester aussi longtemps que vous voudrez. Mais après, il faudra me laisser partir. Il faut que je m'en aille ! Vous voulez que je vous le fasse tout de suite ?

— Ne fais pas l'idiot, Ganus !

On entendit le bruit d'une auto dans la rue. Ganus courut à la fenêtre et regarda dehors : il fut soulagé de voir que ce n'était pas la voiture de la maison et qu'elle ne s'arrêtait pas. Il revint au milieu de la pièce. « Madame et Monsieur Charley peuvent revenir d'une minute à l'autre, mademoiselle Stephana. » Il regardait avec envie le brillant soleil dans la rue. « Il va arriver quelque chose de terrible... »

Ses yeux tombèrent sur le pyjama jaune. Il se baissa et s'approcha timidement du lit en tenant le vêtement à bout de bras. « Mettez ça, mademoiselle Stephana, s'il vous plaît. Mettez-le vite. Il va arriver quelque chose de terrible, je vous dis. Mettez-le, je vous en prie, et ne restez pas comme ça ! »

Stephana lui arracha le pyjama et le jeta à terre avec violence. Les larmes vinrent aux yeux de Ganus. « S'il vous plaît, mademoiselle Stephana, ne me faites pas ça. Vous n'êtes pas chic de me tourmenter à ce point. Vous croyez que c'est ma place dans votre chambre quand vous êtes comme le jour où le Bon Dieu vous a faite ? Vous savez pourtant ce qu'on fait à un Noir quand... On va m'écorcher tout vif ! Monsieur Charley me l'a bien promis, s'il me trouvait en train de faire ce qui est défendu à un homme de couleur. Vous ne voulez pas remettre ces vêtements tout de suite ? Dites, mademoiselle Stephana ? Je ne veux pas qu'on me tue. Je veux rester en vie. Je ne veux pas mourir ! »

Stephana restait impassible : « Je t'avertis que si tu ne m'obéis pas, je hurle. » La bouche pendante, Ganus la regardait, il avait peur, une peur comme jamais il n'en avait ressentie : il sentait ses genoux s'entrechoquer avec des secousses qui faisaient trembler tout son corps. « Et si je hurle, je te préviens qu'on va m'entendre, on entrera dans la maison et, quand on te trouvera ici, tu sais ce qui t'arrivera, n'est-ce pas, Ganus ?

— Oh ! oui, mademoiselle Stephana, s'écria-t-il au comble de l'angoisse. Non, s'il vous plaît ! Ayez pitié de moi ! Ne restez pas sans rien sur le dos. Je ne veux pas mourir ! »

Elle sauta sur le plancher et courut vers lui. Ganus ferma les yeux. Mais il pouvait déjà sentir le parfum familier de son corps. « Personne n'en saura rien, Ganus. » Le ton était suppliant et la voix lointaine. « Je te promets que je ne dirai jamais rien à personne. Vrai, je te le jure ! » Il ouvrit les yeux. « Tu ne me crois pas, Ganus ?

— Je vous crois, mademoiselle Stephana, puisque vous le dites, du moins, je veux dire, je ne demande pas mieux que de vous croire, mais je ne peux pas.

Quand il se rendit compte de ce qu'il avait dit, il referma les yeux, crispé dans l'attente de la gifle. Immobile, il essayait d'imaginer sa fuite à toutes jambes dans la campagne, loin, très loin de la maison Singfield. Quand, à la fin, il ouvrit les yeux, elle était toujours devant lui ; elle souriait, une flamme dans les yeux.

— Ganus, dit-elle lentement.

— Non, mademoiselle Stephana.

— Une fois seulement, Ganus.

Il essaya de dire quelque chose, mais sa bouche était si sèche qu'il n'en sortit pas un son. Les yeux fous, il ne put que la regarder, en passant sa langue sur ses lèvres desséchées.

— Rien qu'une fois, Ganus.

— Mademoiselle Stephana...

— S'il te plaît, Ganus.

— Que voulez-vous ?

Elle était si près que son corps touchait presque le sien. Il attendit, incapable de bouger. Ses bras pendaient, inertes et il sentait les muscles de ses jambes s'engourdir.

Ils restèrent ainsi longtemps face à face. Soudain elle lui saisit le bras droit et enfonça les dents dans son poignet. Au début, il ne ressentit aucune douleur, puis, peu à peu un fourmillement tout le long du bras. Soudain la morsure sauvage de ses dents dans sa chair le fit hurler. Il la supplia de s'arrêter, mais les dents s'enfonçaient avec une fureur accrue. A bout de résistance il fit un effort désespéré pour s'écarter d'elle. Au lieu de se libérer, il trébucha et tomba lourdement sur le plancher. Une seconde après, il la reçut, de tout son poids sur la poitrine et le ventre, sans parvenir à retrouver son souffle. Au fur et à mesure qu'augmentait la douleur, il n'avait plus qu'une idée : la faire arrêter. Il lui mit son bras libre autour du cou et serra de toute sa force. Presque immédiatement, elle s'abandonna et lâcha prise. Une tache humide de sang lui couvrit le bras et, en l'essuyant, il vit les marques profondes de ses dents.

Ils étaient encore sur le plancher, l'un en face de l'autre et Ganus, qui respirait très fort, la bouche entrouverte, commença à s'écarter d'elle avec précaution.

— C'est fini », dit-elle, le corps agité d'un tremblement convulsif. Ganus continuait à s'éloigner d'elle. « C'est tout ce que je voulais : savoir ce que cela me ferait d'avoir ton bras autour de moi. Tu vois, tu l'as fait. Je savais bien que je te le ferais faire. Mais, maintenant, va-t'en... »

Ganus rampa à reculons vers la porte, puis il se mit rapidement debout. Avant de sortir, il la regarda. Elle avait couvert son visage de ses mains et sanglotait convulsivement. « Tu l'as fait, je savais bien que j'arriverais à te le faire faire », dit-elle entre ses sanglots.

Il ouvrit la porte et s'enfuit, la main gauche serrée autour de son poignet où battait la fièvre.

## II

Samedi après-midi. Depuis le matin il tombait un sale crachin froid, qui ne donnait à personne l'envie de faire un tour en ville. L'argile rouge et détrempée des routes était glissante, et les gens de la campagne, qui d'ordinaire venaient le samedi à Estherville faire un tour dans les magasins, avaient remis leur sortie à la semaine suivante : les routes seraient peut-être alors praticables. Le coiffeur employait quatre garçons le samedi, et encore, il y avait toujours huit ou dix clients à attendre leur tour : ce jour-là, il n'était pas entré trois clients depuis midi. Sur le pas de leurs portes, à l'abri de leurs stores dégoulinants, les commerçants laissaient errer un regard désolé sur les rues désertes et détrempées. Beaucoup avaient préparé des ventes-réclame, histoire de déballer des nouveautés de printemps, et voilà qu'il leur restait sur les bras des stocks représentant pas mal d'argent, et puis avec les chaleurs, il n'y aurait plus moyen de s'en débarrasser.

A trois heures, George Swayne remonta la serrure à retardement de la salle des coffres, qu'on ne pourrait plus ouvrir maintenant avant lundi matin. Il ferma la banque, cette banque où, depuis douze ans, il était à la fois sous-directeur et caissier ; puis il se prépara à rentrer chez lui. Avec l'humidité du printemps, ses pieds lui faisaient de plus en plus mal; mais en arrivant, il allait s'offrir le luxe d'ôter ses chaussures. Sa femme, Norma, ne se privait pas de lui dire ce qu'il devait et ne devait pas faire — d'abord, c'était avec son argent à elle qu'il était entré à la banque; lui, il n'était après tout qu'un petit garçon épicier quand elle l'avait épousé. Sa femme, donc, l'empêchait d'enlever ses chaussures avant l'heure d'aller se coucher. Oui, mais Norma était partie à Savannah voir sa sœur, et pour deux jours encore! Alors la première chose que George comptait faire, c'était bien d'enlever ses chaussures! Et il ne les remettrait pas avant lundi matin, pas avant l'heure d'aller à la banque. De sa vie il n'aurait un pareil dimanche!

George sortit en marche arrière la conduite intérieure verte de sa femme du parc à voitures, derrière la banque d'Estherville. Le moteur faisait un bruit tel que les pigeons du pharmacien s'envolèrent sous la pluie. Il remonta Magnolia Street; de temps en temps il débrayait et appuyait à fond sur l'accélérateur, à faire trembler les glaces et les poignées de porte. Il en voulait à sa femme de lui interdire, après la fermeture, de se mettre à l'aise dans son fauteuil, en chaussettes, devant la radio. Mais au bout de douze ans de mariage, il savait qu'il n'y avait rien à faire. Souvent il s'était demandé ce qui serait arrivé si Norma n'avait pas hérité tout cet argent de son père, et ne l'avait pas mis à la tête de la banque; mais pourquoi n'était-il pas à l'épicerie, en train de vendre des boîtes de conserve ou de peser des sacs de riz? L'après-midi, après avoir passé la plus grande partie de la journée debout à la banque, il lui arrivait souvent de retirer sans bruit ses chaussures, et de passer une demi-heure, assis là, dans le garage, enfin à son aise. Les pieds lui avaient toujours fait mal, même quand il était garçon épicier, et il avait toujours fallu qu'il porte des chaussures spéciales que le docteur Lew Broadus avait conçues pour lui. Mais malgré tout, le seul soulagement pour lui consistait à rester en chaussettes.

En arrivant à la maison de brique rouge dans Holly Street, il vira dans l'allée, mit la voiture au garage et, les dents serrées, les yeux fermés, poussa le moteur à fond, jusqu'à en sentir la vibration dans la tête. Cela lui fit du bien. Il n'y avait que quelques pas du garage à la petite porte de la maison, et pour la première fois depuis des années, il se sentit heureux de rentrer. Si seulement Norma avait la bonne idée d'aller de temps en temps voir sa sœur à Savannah !

Il commença par mettre la radio à pleine puissance, défit les lacets de ses chaussures, puis les envoya promener de l'autre côté de la pièce. En pleine euphorie, il se renversa dans son fauteuil pour écouter la radio et donner de l'air à ses orteils. Il sourit en dedans en imaginant ce que raconterait Norma si elle revenait à l'improviste. Il avait presque envie qu'elle revienne rien que pour voir la tête qu'elle ferait. Plus il y pensait, plus il était heureux ; il éclata de rire.

Il y avait un certain temps qu'il était vautré dans le fauteuil, se demandant s'il y avait beaucoup d'hommes au monde qui avaient peur de leur femme.

Et puis Kathyanne entra.

Il se souvint que Norma lui avait dit qu'en son absence, la bonne s'occuperait de la maison et de ses repas. Cela faisait six ou sept mois que Kathyanne travaillait chez les Swayne, mais George ne la voyait que quelques minutes au petit déjeuner et au repas du soir. Il fut tout surpris de la trouver tout à coup si séduisante et se demanda comment il avait fait pour ne pas s'en être encore aperçu. Il se carra dans son fauteuil et, l'œil allumé, la regarda dans sa robe blanche. Norma, c'était une grande carcasse de femme, avec de grosses fesses pendantes, deux fois comme les siennes. Elle n'enlevait son corset qu'au moment où, dans le noir, elle se mettait au lit et le matin, quand il se réveillait, elle était déjà debout et corsetée. Kathyanne était mince, sa peau était dorée, ses cheveux noirs avec des reflets bleus. Sans la couleur de sa peau, au premier coup d'œil, on n'aurait pas dit une sang-mêlé.

« Je vous ai entendu rentrer, monsieur George », dit-elle aimablement. Elle le regardait sans embarras, bien en face, tandis qu'il continuait à la dévisager d'un air conquérant. Il y avait si longtemps qu'il ne lui avait été donné de regarder une autre femme, qu'il était stupéfait de constater l'effet que pouvait lui faire une belle fille. Je voulais simplement vous dire que vous pourrez dîner quand vous voudrez, monsieur George. Vous n'aurez qu'à me dire, je suis dans la cuisine.

Elle n'avait pas l'accent des nègres qu'il entendait d'ordinaire. Elle parlait d'un ton aimable qui n'avait rien de servile. Cela faisait bien longtemps qu'il n'avait entendu un nègre ou un mulâtre parler à un blanc sans hésiter ni bafouiller. Il se souvenait maintenant : sa femme lui avait dit que Kathyanne et son frère étaient arrivés ici l'été précédent, des basses terres autour de Blackburn's Mill, et qu'ils avaient été plusieurs années dans une école de couleur. Un instant il se demanda combien de temps elle et son frère pourraient continuer à parler aussi naturellement. Un jour, un blanc leur en voudrait parce qu'il n'aurait jamais appris à lire et à écrire, ou parce que dans son enfance, on lui avait inculqué la haine des races inférieures, et il les obligerait, par intimidation ou par la force, à prendre une attitude servile. De temps en temps, on entendait dire qu'on avait chassé de Tallulah County un nègre « qui ne s'était pas tenu à sa place », ou ne « s'était pas montré assez respectueux envers un blanc ». Beaucoup se vantaient de mener la vie dure aux nègres, et à leur avis c'était pour cela qu'il y avait à Estherville si peu d'ennuis de ce côté-là.

Kathyanne se préparait à quitter la pièce.

Il allongea la main, et diminua la puissance de la radio. « Kathyanne, à quelle heure mangeons-nous d'habitude ? » dit-il très vite, en se redressant et en essayant d'avoir l'air calme. Il se surprit à lui regarder les jambes. Elle avait des chevilles minces, rondes, des mollets au fuseau délicat, et sa peau dorée était plus excitante que le bas le plus fin. Comment avait-il fait son compte pour ne pas remarquer à quel point elle était bien faite. Blanche ou noire, jamais une femme ne lui avait fait un tel effet. Il regardait bien les jambes des clientes quand elles quittaient la banque, ou encore celles des jeunes filles qui passaient sur le trottoir, mais pour ainsi dire sans y faire attention. C'était la première fois que les jambes de Kathyanne s'imposaient à sa conscience claire. Non, jamais une femme ne l'avait attiré comme cela. Quand il se rendit compte depuis combien de temps il la dévisageait, il se sentit légèrement gêné. Il toussa un peu et leva les yeux. Kathyanne comprenait-elle ? Il était certain d'avoir vu un sourire sur ses lèvres. « Y a-t-il une heure fixe, Kathyanne ? enfin je veux dire, d'habitude... ?

— Madame Norma veut toujours qu'on serve à six heures et demie juste. Mais puisque vous êtes tout seul, monsieur George, ce sera à l'heure que vous voudrez.

— Eh bien, vous servirez à une autre heure ce soir, cinq heures et demie, six ou sept heures, ou sept heures et demie, mais pas à six heures et demie. Ce n'est pas la peine de... de... » Il allait ajouter, ce n'est pas la peine d'avoir peur de changer l'heure du dîner — mais après tout il valait peut-être mieux ne pas dire cela devant Kathyanne.

Encore une fois était-ce un sourire d'intelligence ? Elle hocha la tête et se dirigea vers la porte. George s'avança au bord de son fauteuil pour suivre le mouvement troublant de ses hanches et le balancement provocant de sa jupe. Ah non ! Jamais il n'avait ressenti cela. Cela faisait trop longtemps qu'il était en cage dans sa banque, et il avait oublié l'effet que la grâce apprêtée d'une femme peut avoir sur les sens d'un homme. Au moment où elle atteignit la porte, il sentit qu'il fallait l'empêcher de s'en aller.

Il appela « Kathyanne ! », beaucoup plus fort qu'il n'était nécessaire. Elle s'arrêta et se retourna, visiblement surprise. Allait-elle comprendre et s'enfuir dans sa cuisine ? Il se rendait compte qu'il l'avait appelée d'une voix qu'on avait pu sans doute entendre jusque de l'autre côté de la rue. « Katyanne, j'y pense... » dit-il, d'un ton qu'il espérait plus normal. Alors même qu'il ouvrait la bouche, il essayait désespérément de trouver quelque chose à dire qui n'eût pas l'air trop stupide. Il y eut des secondes pénibles où il ne put que la regarder dans une espèce de brouillard, et pour finir bafouilla la première idée qui parvint à se former nettement dans son esprit. « Kathyanne, je voulais dire... Ne vous tracassez pas pour moi. Je n'ai pas très faim d'ailleurs...

— Oh ! monsieur George, il y a du poulet cocotte ce

soir, et ça ne m'ennuie pas du tout. Je vais vous faire un bon petit souper, monsieur George.

— C'est bien, Kathyanne, dit-il, déconcerté par sa réponse, faites comme vous l'entendez. Cela me va, j'ai toujours aimé le poulet cocotte. Après tout, peut-être ai-je un peu faim. Oui, du poulet à la cocotte, cela me va. »

Elle quitta la pièce et se dirigea vers la cuisine. George resta assis un moment ; il écoutait, et puis, incapable de rester plus longtemps immobile, se mit brusquement debout, alla dans le vestibule, et resta là, cherchant à entendre ce qu'elle faisait dans la cuisine. Il savait bien que si Norma avait été là, jamais il n'aurait osé faire cela. Et cela lui donnait une sensation étrange et bien agréable, d'être tout seul dans la maison avec Kathyanne. Il était content qu'il fît un sale temps, cette pluie, et l'obscurité tombante allaient isoler et protéger en même temps la maison. Il retourna au salon et demeura devant la fenêtre, à regarder disparaître la grisaille de l'après-midi ; en même temps, il songeait à ce que serait la solitude de la maison, sans Kathyanne. Une voiture passa lentement dans la rue, les roues avant évitant soigneusement les flaques et disparut dans le crépuscule : un homme, qui retourne chez lui retrouver sa femme et ses enfants, pensa-t-il, tandis que lui, il n'avait pas d'enfants, et il était marié à une femme qui ne voulait même pas en entendre parler. Quand même, est-ce qu'un homme n'avait pas, dans son cas, le droit de faire quelque chose ? Convaincu de la justesse de son raisonnement et incapable d'attendre, George quitta la fenêtre et se dirigea vers la cuisine.

Kathyanne était debout près de la table ; elle ne l'avait pas entendu venir et elle ne savait pas qu'il la regardait. Tandis qu'il restait immobile dans l'embrasure de la porte, le cœur se mit à lui battre de plus en plus vite. Il lui revint en mémoire ce qu'on lui avait dit de cette fascination irrésistible, et comment, à un moment ou à un autre de son existence, un blanc recherchait plutôt les faveurs d'une fille de couleur que celles d'une blanche. A cette époque, il n'y avait pas prêté attention, mais maintenant, il savait qu'il désirait Kathyanne. Banquier, baptiste pratiquant, jamais il n'avait couché avec une noire, claire ou foncée : il se demanda s'il aurait le courage de lui parler autrement qu'en patron, de façon impersonnelle. On lui avait dit que c'était facile, qu'un blanc pouvait parler à une négresse avec autant de sans-gêne qu'il voulait, parce qu'elles avaient peur de refuser, mais enfin il n'était pas bien sûr de lui. Il cherchait encore une ouverture lorsque Kathyanne en se retournant le vit sur le pas de la porte. Elle l'interrogea du regard.

« Oh, Kathyanne, pendant que j'y pense... » Non ce n'était pas cela, c'était un faux départ. Affolé, il chercha autre chose. « Je voulais vous demander quelque chose, Kathyanne. » Il gardait les yeux rivés au sol. Il savait bien ce qu'il voulait dire, mais tout cela se brouillait, et il ne savait pas comment s'en sortir. « Je viens juste d'y penser... » Il avait l'air de chercher l'inspiration dans l'étude du fourneau.

— Oui, monsieur George ?

Il eut un regard furtif et crut voir sur son visage un sourire d'intelligence ; il sourit à son tour, avec espoir. Cependant, une seconde plus tard, elle prit un air soucieux. Savait-elle ce qu'il échafaudait si désespérément dans sa tête, et était-ce là sa méthode de défense ?

Il ne savait toujours pas ce qu'il allait dire. Il fallait pourtant qu'il trouve quelque chose, sous peine d'avoir l'air ridicule. De tous les sujets possibles, il ne put que songer à la banque.

— Je suis venu vous demander si vous avez quelquefois pensé à prendre un livret de caisse d'épargne à la banque. » Il se sentait idiot de parler de la banque en un moment pareil, mais en même temps, il était soulagé d'avoir trouvé quelque chose. En tout cas, il était engagé, et il faudrait aller jusqu'au bout, et chercher une nouvelle façon d'aborder le sujet. « C'est une bonne habitude, vous savez, Kathyanne. Vous n'avez pas idée du service que pourront un jour vous rendre quelques dollars que vous aurez mis de côté. Un compte en banque peut vous tirer d'affaire en cas de besoin, cela vous assure une certaine tranquillité. Les écureuils font des réserves pour l'hiver, et les hommes ont appris eux aussi à la longue qu'il est sage de mettre quelques dollars de côté. » Elle hochait la tête et il s'empressa d'achever sa démonstration. « Il ne faut qu'un dollar pour prendre un livret, et même si vous ne mettez de côté qu'un seul dollar par semaine au début, sans vous en apercevoir vous aurez bientôt une petite réserve, juste comme les écureuils ! Tout le monde, blanc ou de couleur, devrait avoir un livret de caisse d'épargne, si petit soit-il. » Elle hocha la tête, et George se sentit satisfait d'avoir ainsi fait appel à son sens de l'épargne. « Alors voilà, Kathyanne ce que vous devriez faire : lundi matin vous viendrez à la banque, et je vous montrerai comme c'est facile d'établir un petit programme financier. Ce sera avec plaisir, c'est toujours un plaisir pour moi d'aider les gens qui ont envie de faire des économies. »

Il rayonnait.

— Monsieur George, je n'ai rien voulu dire pendant que vous parliez, mais j'ai déjà un compte en banque.

— Ah !

— Oui, j'ai commencé il y a trois mois. Vous m'avez donné une petite tirelire pour ramasser ma petite monnaie.

— Moi ?

Elle opina, et cette fois, il fut certain d'avoir vu une lueur d'impudence dans ses yeux.

— Eh bien !... c'est bien... vous avez bien fait de me le rappeler... » Son optimisme était tombé. Il fallait maintenant se sortir de cette situation ridicule, et prendre un nouveau départ. Il se mit à examiner les murs et le plafond, comme s'il était entré constater l'état des lieux. Il hocha la tête d'un air pensif, et sortit de la cuisine sans ajouter un mot.

Il retourna dans le salon ; il se sentait ridicule et jurait à voix basse. Quelle idée de perdre tout ce temps à raconter toutes ces histoires d'épargne et d'écureuils. « Ces bon Dieu d'écureuils ! Eux et leurs noisettes, on s'en fout ! » D'un geste violent, il tira les stores et alluma toutes les lampes. Trop énervé pour s'asseoir, il se mit à marcher de long en large dans la pièce. La prochaine fois, il préparerait soigneusement son affaire.

La sonnette de l'entrée lui mit les nerfs à vif. Tout de suite il eut peur du retour de Norma. Il se sentit un poids sur l'estomac. Jamais l'occasion ne se représenterait, et voilà qu'il l'avait laissée passer. Planté au milieu de la pièce, il écoutait la sonnette qui continuait à tinter avec insistance.

Quand il se décida à ouvrir la porte, il trouva Hugh Howard sur le seuil. George resta muet, la bouche ouverte.

— Qu'est-ce qu'il y a, George ? On dirait que tu attendais quelqu'un d'autre.

— Moi ! Je n'attends personne... Fait un temps à ne pas mettre un chien dehors. Tu vas attraper froid à sortir comme ça.

— Fait pas si mauvais que ça, un peu de bruine et c'est tout. Ça fait du bien aux cheveux. Tu n'as qu'à voir les ragondins !

— Qu'est-ce que tu veux ? dit George avec impatience.

— Oh, je suis juste entré pour te demander si... Qu'est-ce que tu as ? Tes pieds te font mal à ce point-là ? Arrête donc de bouger tout le temps !

— Non, ils ne me font pas mal du tout ce soir, pas du tout. Qu'est-ce que tu veux ?

— Je suis venu te demander si tu n'avais pas envie de faire un petit poker ce soir chez moi. Mon beau-frère est venu passer le week-end et j'ai pensé...

— Non ! dit George avec brusquerie.

— Pourquoi pas ?

— J'ai du travail.

— Quel travail ?

— Sais pas, mais je ne peux pas venir.

— Tu ne vas tout de même pas retourner à la banque pour compter des sous ?

— Non !

— Mais George, tu pourras enlever tes chaussures, tu sais bien que ma femme ne fait pas d'histoires ? Tu sais bien.

— Peux pas. George recula et ferma la porte à moitié.

— T'es drôle ce soir, George. Hugh avait l'air soucieux. Qu'est-ce que tu as enfin ?

— Je n'ai rien, fiche-moi la paix.

— Norma ne veut pas que tu viennes ?

— Elle est partie à Savannah.

— Ah ! bon. » Les yeux de Hugh s'agrandirent. « Je vois », il reculait vers le perron. « Je ne savais pas. Excuse-moi de t'avoir dérangé. Fais attention, George, surveille tes réactions.

— Qu'est-ce que tu racontes ?

Hugh cligna de l'œil. « Ta bonne, la négresse, hein ? elle est chouette, pas George ? J'en ai entendu parler. Il paraît que c'est la plus jolie mulâtre du coin, et pourtant, il y en a de bien. » Il s'en allait. « Bonsoir, George... si tu as besoin d'un conseil, viens me voir !

— Bonsoir », grogna George en claquant la porte. Il poussa le verrou et attendit dans le vestibule que Hugh ait fermé la portière de sa voiture. Il retourna au salon. La maison était absolument silencieuse. Il eut tout à coup peur que Kathyanne n'ait entendu la conversation et que, prise de méfiance, elle ne soit déjà partie. En chaussettes, il se hâta vers la cuisine. Cette fois Kathyanne était assise devant la table et feuilletait tranquillement un magazine. Elle avait l'air très calme.

« Kathyanne », dit-il d'une voix rauque. Il fut soulagé de la voir si placide, mais cette fois ses nerfs ne le tenaient plus. Il se souvint de sa résolution de ne pas se laisser prendre comme un imbécile, et cette fois encore il n'avait rien préparé. Ah ! si seulement il pouvait lui parler avec ce sang-froid qu'il avait à la banque quand il s'agissait de refuser un prêt, sans sourciller. Mais plus les minutes passaient, plus il se troublait et en désespoir de cause, il s'accrocha à l'idée de la faire venir dans le salon.

— Oui, monsieur George. Sa placidité était déconcertante. Pour une fois, il comprit vraiment ce que voulait dire le prédicateur baptiste, quand il parlait des viveurs et du monde abject de nos sens. Jusque-là, il s'était toujours demandé où les prédicateurs allaient chercher les idées de leurs sermons. « Kathyanne, venez donc au salon une minute. »

D'abord, il eut peur de la voir refuser. Il avait l'impression qu'elle pesait le pour et le contre, et puis finalement, elle se leva. George la laissa passer et la suivit.

Ce n'était pas fini. Maintenant, il fallait trouver un prétexte pour l'avoir fait venir. En regardant autour de lui, il eut une inspiration : il lui demanda de vider le cendrier. Kathyanne eut l'air surpris : il n'avait fumé qu'une cigarette depuis qu'il était entré, et encore, il avait mis la plus grande partie de la cendre sur la moquette. Cependant elle prit le cendrier et l'emporta à la cuisine. Marchant de long en large tandis qu'elle était partie, George ne parvenait pas à effacer ce regard d'innocence enfantine qu'elle avait eu dans la cuisine mais en même temps, il trouvait du courage dans l'idée qu'il ne faisait que suivre l'exemple de milliers d'autres hommes.

Il cherchait encore un moyen de retenir Kathyanne sans éveiller sa méfiance, quand elle entra et remit le cendrier sur la table. Il fut lui-même surpris de la rapidité de son propre geste. Avant qu'elle ait le temps de bouger, il se mit entre elle et la porte. Elle ne dit rien, mais il savait maintenant qu'elle était sur ses gardes.

— Vous n'êtes pas pressée, Kathyanne, vous n'avez pas besoin de vous dépêcher... » Il alluma une cigarette et, d'un geste de la main, il écarta la fumée. Cela faisait longtemps qu'il ne s'était senti si peu à son aise devant une femme, et il dut cacher la cigarette derrière son dos pour qu'elle ne vît pas le tremblement de sa main. Il en était à se demander s'il se serait engagé dans cette histoire, s'il avait su quelle épreuve ce serait pour ses nerfs. « C'est curieux que vous ne soyez pas mariée, Kathyanne, une jolie fille comme vous. » Il était bien décidé, cette fois à ne pas laisser la conversation dévier sur la banque. « Oui, une jolie fille comme vous... »

Kathyanne n'avait pas l'air surpris et il se dit qu'elle était beaucoup plus maligne qu'il ne l'avait cru, et il se sentit découragé à l'idée qu'il lui faudrait aussi vaincre son intelligence.

— Je veux dire, Kathyanne, qu'une jolie fille comme vous...

— Je suis trop jeune, monsieur George, dit-elle avec un sourire. Et puis il faut que j'aide à la maison. Tante Hazel ne peut plus travailler, alors mon frère et moi, on s'occupe d'elle.

— Oui, bien sûr, mais quand même...

Elle secouait la tête.

— Quel âge avez-vous, Kathyanne ?

— Tout juste dix-sept ans.

La confiance lui revenait. Après tout, ce n'était pas si difficile. Il prit une large inspiration. Cela faisait bien du temps perdu déjà.

— Il y a beaucoup de filles qui sont déjà mariées et mères de famille à votre âge.

— Je sais bien, mais ce n'est pas possible.

Elle était si calme, si douce, que George commença à douter de sa propre confiance. Elle ne donnait pas le moindre signe de peur. Si seulement elle pleurait, s'affolait, cela lui donnerait une bonne occasion de la faire rester. En créant l'occasion, il pourrait toujours l'assurer qu'elle n'avait rien à craindre. L'air dégagé, il s'approcha d'un pas, comme par hasard.

— Vous êtes très jolie, Kathyanne. Il fut surpris de sa propre hardiesse. « Je ne me souviens pas d'avoir vu une fille aussi jolie. » Il faisait attention à ne pas la regarder, mais il était sûr qu'elle avait souri. « Cela fait plusieurs fois que je l'ai remarqué ce soir, et j'ai voulu vous le dire. Il n'y a pas beaucoup de jeunes filles qui...

Il s'arrêta et essaya de sourire.

— Monsieur George, je suis une honnête fille, dit-elle posément, en le regardant bien en face, sans ciller, les yeux brillants dans la lumière violente.

Il ne s'attendait pas à cela. Comment faire avec une fille qui avait l'air de savoir exactement où il voulait en venir avec ses flatteries, et qui pouvait avec tant de dignité prévenir tous ses efforts.

— Mais bien sûr ! dit-il, embarrassé. Je veux dire, je sais que vous êtes une fille honnête. Non, ce que je voulais dire, vous êtes beaucoup plus jolie que la plupart des filles de la ville, blanches ou de couleur. C'est ce que je voulais dire.

Elle secouait toujours la tête. « Ça ne fait rien, monsieur George ! » avec l'air de lui faire un petit reproche. « Je suis quand même une fille honnête. »

George savait bien qu'il ne pouvait plus s'arrêter, quoi qu'elle dise ou pense. Il était allé trop loin, et il ne fallait pas qu'il se laisse distraire de son idée. Avec décision, il s'approcha d'elle. Kathyanne comprit le sens de son geste, mais n'essaya pas de l'arrêter ou de lui échapper. Debout devant elle, il écoutait le bruit sifflant de sa propre respiration, en se demandant pourquoi elle ne luttait pas. Cela au moins, lui aurait donné l'occasion dont il avait besoin pour se justifier. Le sentiment de son infériorité grandissait à chaque seconde. Il fallait faire quelque chose, ou alors il allait se sentir humilié.

Il lui saisit le bras.

— Je n'y peux rien, Kathyanne ! dit-il, dans un effort désespéré pour lui faire comprendre ! C'est quelque chose que je ne peux pas arrêter... Une jolie fille comme toi...

— Monsieur George, si j'étais une blanche, croyez-vous que ce serait la même chose ? demanda-t-elle de la même voix calme ou alors, cela ne vous fait rien parce que je suis une négresse ?

— Ça m'est bien égal ce que tu es... aucune importance... je ne peux plus te laisser aller. Ce qui compte, ce n'est pas ce que je crois, mais ce que je sens.

Elle n'avait pas encore fait un effort pour se débattre mais il lui sembla voir un sourire de mépris sur ses lèvres. Mais quand même, il se sentait maintenant bien supérieur à elle. Elle l'avait dit elle-même : ce n'était pas une blanche.

— Tu crois que tu serais aussi claire de peau, Kathyanne, s'il n'y avait pas déjà eu un blanc ?

Elle ne cillait toujours pas.

— Ton père était un blanc, cela saute aux yeux, et tu le sais bien. C'est comme ça et les négresses devraient commencer à le savoir !

Kathyanne continuait à ne rien dire, mais on lisait le désespoir dans ses yeux étincelants. Elle était plaquée contre le mur dans l'impossibilité de s'enfuir.

George avait encore plus peur qu'elle.

— Nous, ce n'est pas la même chose, dit-il, un peu pour justifier sa conduite, nous ne voulons pas qu'une blanche couche avec un nègre, mais nous...

— Oui, je sais, monsieur George, je comprends.

— Oui ?

— Je crois.

Elle semblait si docile que cela le mit sur ses gardes.

— Tu ne diras rien à ma femme ?

— Non, ça ne servirait à rien.

— Qu'est-ce que tu vas faire alors ?

— Quand madame Norma rentrera, il faudra que je quitte la maison. Vous comprenez bien, je ne pourrais pas rester à travailler ici, pas après.

— Moi, je ne vois pas pourquoi tu lâcherais ton travail. Es-tu sûre de trouver une autre place comme celle-ci ?

Elle était embêtée, il le voyait bien. Du coup, il eut des remords, mais en même temps il sentait qu'il fallait la dominer à tout prix ; de sa vie il ne pourrait oublier avoir été humilié par une mulâtresse.

# III

L'étroite ruelle derrière la maison des Singfield était sombre et par-dessus le marché encombrée de boîtes à ordures ; mais c'était un raccourci et depuis plusieurs mois Ganus l'empruntait pour rentrer à Poinsettia Street après son travail. Généralement, il ne sortait pas avant huit heures et demie, et le temps de traverser la ville jusque chez tante Hazel, dans le quartier nègre, il était neuf heures ou plus.

Cela faisait deux fois en peu de temps que, vers le milieu de l'allée, on lui avait lancé des pierres, et, effrayé par l'idée d'être atteint à la tête dans le noir, il était rentré en courant. Il n'avait rien dit, ni à tante Hazel ni à Kathyanne : il ne voulait pas les tracasser, et puis, cela ne se reproduirait peut-être plus. Toute une semaine il avait fait un détour par les rues éclairées puis s'était remis à passer par l'allée.

Il était presque neuf heures : il éteignit la lumière de la cuisine, ferma la porte à clef, et traversa la cour jusqu'au portail sur la ruelle. C'était un soir frais de printemps ; après la chaleur de la cuisine, l'air de la nuit le fit frissonner. Il regretta de ne pas avoir pris de tricot en venant à son travail. Quelques minutes, il resta à la porte, mais, comme il n'entendait rien de suspect, il partit rapidement en direction de Poinsettia Street. Il évita une boîte à ordures renversée ; il était presque arrivé à la rue éclairée, quand une grosse pierre coupante, arrivée il ne savait d'où dans le noir, le frappa durement de biais au-dessus de l'oreille gauche. Il alla cogner contre la barrière de bois derrière la maison Pillson ; il était étourdi, mais il réussit à rester debout en s'accrochant à la palissade. Avant qu'il n'ait le temps de fuir, quatre garçons étaient devant lui. D'abord, il n'en reconnu aucun : tout ce qu'il vit, c'est que tous sauf un étaient à peu près grands comme lui. Le plus petit, il avait dix ou onze ans, le regardait d'un air de consternation affolée. Ganus recula contre la palissade et abrita sa tête bourdonnante entre ses mains. Vaguement, il vit que deux des garçons tenaient à la main de gros cailloux et les deux autres des gourdins. Le petit, mettant les mains derrière son dos, comme s'il avait honte, laissa tomber le sien puis s'approcha, regardant intensément Ganus qui reconnut alors Robbie Gunsby. Robbie était maigre avec des cheveux blonds très clairs, des taches de rousseur et un bon sourire jusqu'aux oreilles. Il était souvent venu à la porte des Singfield demander à Ganus de jouer aux billes dans la cour. Son père était postier. Ganus se demanda si Robbie viendrait encore lui demander de jouer aux billes avec lui.

— C'est lui ! dit un des grands comme pour lui tout seul ! sûr que c'est lui !

Ganus sentait quelque chose de chaud couler le long de sa joue, et il essaya de l'essuyer de la paume. C'était la première fois qu'il était ainsi cerné par des blancs, mais il avait entendu d'autres noirs raconter comme ils avaient été maltraités. Il songea d'abord à s'enfuir avant qu'ils aient le temps de lui lancer d'autres pierres, ou de le frapper avec leurs gourdins, mais s'ils le rattrapaient ils lui feraient probablement encore plus de mal.

— Qu'est-ce que tu fais dehors à cette heure ? demanda un des grands.

— Je viens juste de finir mon travail, répondit Ganus, d'un ton aussi calme que possible. Ils allaient peut-être le laisser partir après tout. « Je m'en retourne à la maison. Laissez-moi aller maintenant, je vous ennuie pas. Des blancs comme vous ne devraient pas lancer des cailloux comme ça.

— Non mais, Pete, tu ne vas pas le laisser te parler comme ça ? dit l'un d'eux avec une espèce de ricanement de défi.

— Peut-être qu'il ne sait pas, répondit Pete Tilgham, le plus grand, avec un rire de mépris. Pete, dont le père était propriétaire d'une briqueterie, était avant-centre de l'équipe de basket du collège. « Et pourtant, il devrait savoir qu'on ne doit pas continuer à causer une fois qu'on a répondu. Eh bien pour un nègre tu es bavard, pas vrai ? Qu'est-ce que tu te crois ? »

Ganus eut envie de dire quelque chose pour se défendre, pour leur faire comprendre qu'il ne cherchait pas à paraître arrogant ou présomptueux, mais après tout, il valait peut-être mieux ne rien dire.

— Je vais lui apprendre, Pete, dit Hank Newgood, celui au gros gourdin. Hank avait lâché l'école au cours préparatoire. Un matin à la récréation, il avait frappé le directeur avec une batte de base-ball, et son père qui dirigeait une scierie à Indian Creek, au sud de la ville, déclara que, n'importe comment, il avait été à l'école assez longtemps comme ça. Hank prit son élan, comme pour frapper Ganus sur la tête. « Je n'ai qu'à lui donner ce coup de ce gourdin-là, et ça lui passera l'envie de répondre !

— Attends un peu, Hank ! dit Pete en lui retenant le bras, j'ai quelque chose à lui demander avant. Pete laissa tomber son caillou. « Comment tu t'appelles, gars ?

— Ganus Bazemore.

— Drôle de nom, dit Vern Huff. Où que t'as pêché un nom marrant comme ça ? Qu'est-ce qui t'a collé ça ?

— Attends, Vern ! dit Hank, en l'écartant. Je veux être bien sûr que c'est celui-là. Je n'ai pas de temps à perdre si ce n'est pas lui.

— Puisque je te dis que c'est lui. C'est celui-là que j'ai vu par la fente dans la porte du garage. Je le reconnais, tout de même ! »

Du coup, Ganus eut peur, même en ne sachant pas de quoi Vern voulait parler ; il essaya de s'en aller. De toute sa force, Hank lui envoya un coup de poing dans la figure. Ganus tomba à genoux contre la barrière, puis il se remit lentement debout. Il avait envie de demander à Robbie d'intervenir. Le petit était sur le point de pleurer, et Ganus vit bien qu'il ne pourrait rien. « On ferait mieux de l'attacher, avant qu'il ne fiche le camp, dit Pete.

— Bon Dieu, j'aime mieux te dire qu'il ne va pas recommencer. Il sait maintenant ce qui l'attend la prochaine fois. » Hank exhibait son poing droit. « Tu travailles chez Singfield, hein ?

— Oui, Monsieur.

— Tu vois, Hank ! Pourquoi que tu ne voulais pas me croire ? Puisque je te disais que je reconnaîtrais ce nègre-là au fond d'une mine et par une nuit noire encore !

Robbie intervint en tirant la manche de Hank.

— Qu'est-ce que tu vas lui faire, Hank ? demanda-t-il d'une voix tremblante. « Pete lui a lancé un caillou, tu lui as mis un coup de poing, le voilà qui saigne. Faut plus y taper dessus ; il n'a rien fait à personne. Laisse-le tranquille, Hank Newgood !

Hank écarta Robbie d'une bourrade : « Non mais, écoute ça ! dit-il avec un rire de mépris. Qu'est-ce qui te prend, Robbie ! Pourquoi que t'es venu, si c'est pour faire la poule mouillée.

— Oh ! je croyais qu'on allait seulement lui faire peur. Moi j'aime bien Ganus, il joue aux billes avec moi dans la cour de madame Singfield, chaque fois que je lui demande. Arrête donc !

— Ah ! la ferme, Robbie, cria l'autre avec un geste de menace ; puis il reporta son attention sur Ganus. Ce qu'il faut à ce nègre-là, c'est lui couper le kiki ! et j'ai un couteau ! Tiens, regarde ! » Il sortit de sa poche un long couteau à manche de corne et l'ouvrit d'un coup sec : « Ce qu'il faudrait à tous les nègres du coin, ça serait de leur couper le kiki.

— Espère un peu, Hank, dit Pete Tilgham en l'écartant, il y a quelque chose que je veux savoir. Il se planta en face de Ganus : « D'où sors-tu ? Où t'habitais avant de venir en ville ?

— Là-bas, près du moulin de Blackburn.

— Tu ne pourrais pas dire « Monsieur » quand tu me causes, nègre ?

— Là-bas, près du moulin de Blackburn, Monsieur.

— Monsieur Blackburn !

— Oui, Monsieur.

— Pourquoi es-tu venu à Estherville ?

— Pour travailler, Monsieur, s'il vous plaît.

— Et pourquoi tu n'es pas resté à la campagne ? Il n'y avait pas de travail, là-bas ?

— Ma mère est morte et je suis venu en ville vivre chez tante Hazel.

— Ma parole, on dirait qu'il a envie de nous faire chialer sur la mort d'une vieille négresse.

— C'est bien un coup de négro !

Pete s'approcha, le regardant sous le nez ; Ganus recula tant qu'il put, contre la barrière.

— Allons-y, mettons-lui ça ! Ça lui passera l'envie de causer. L'heure tourne et mes vieux vont hurler si je ne rentre pas. Je leur ai raconté que j'allais au ciné.

— C'est bien mon avis, allons-y, dit Vern Huff.

Hank se mit à faire des moulinets menaçants avec son couteau et chaque fois la lame passait plus près de Ganus, aplati contre le bois de la palissade. Tout à coup, Hank acheva son geste en lui enfonçant la pointe du couteau dans la cuisse.

— Oh ! messieurs les blancs, ne me faites pas de mal avec le couteau, je n'ai rien fait !

— Arrête, Hank ! » dit Robbie dont les lèvres blanches tremblaient. Vern ne prêta aucune attention à Robbie : « Ecoute, Pete, le sale nègre qui essaie de se défiler, rien qu'à l'écouter mentir on voit que c'est un nègre, un sale nègre !

— Et avec ça il parle drôlement, il a l'air de se prendre pour un de ces nègres qui ont été à l'école. » Pete essayait d'imiter le parler de Ganus. « Qu'est-ce qui te fait parler comme ça, nègre ?

— Je ne peux pas parler autrement.

— Tu as été à l'école ?

— Oui, Monsieur, je suis allé à l'école primaire des noirs à... à... là-bas dans la campagne.

— Et c'est là que t'as appris à parler éduqué ?

Pourquoi que t'as perdu ton temps à aller à l'école, au lieu de travailler ? Tu crois que ça te servira ?

— Je ne sais pas, répondit Ganus. Il avait peur de trop en dire.

— T'entends, Hank ? Il dit qu'il a été à l'école, mais il ne sait pas pourquoi ? Peut-être qu'il avait envie d'être prédicateur.

— Non, mais je vais te dire, il avait idée qu'avec son éducation il pourrait venir en ville causer aux blanches.

— Le salaud ! Baisse le pantalon ! » ordonna Hank.

Ganus les regarda les uns après les autres. « S'il vous plaît, Monsieur, pourquoi me demandez-vous ça ?

— T'en fais pas, dit Vern, tu ferais mieux de l'enlever tout de suite au lieu de discuter.

Ganus défis sa ceinture avec des doigts qui tremblaient et laissa tomber son pantalon. Robbie accrocha le bras de Pete. « Mais pourquoi Hank il lui fait faire ça, pourquoi faut-il que Ganus il tire son froc ?

— Allons, nègre, enlève-le complètement, et grouille-toi, quand je dis quelque chose, j'aime bien qu'on m'obéisse.

Ganus ne perdit pas de temps à discuter. Il enleva complètement le pantalon et se plaqua en toute hâte contre la palissade, tandis que le couteau de Hank jetait des éclairs tout près, trop près.

— Ta sœur habite ici ?

— Oui, Monsieur.

— Comment qu'elle s'appelle ?

— Kathyanne.

Les trois grands se regardèrent d'un air entendu.

— C'est la chouette mulâtresse qui travaille chez madame Swayne, dans Holly Street ?

— Oui, Monsieur.

— Vous êtes des sang-mêlé tous les deux, s' pas ?

— Je sais pas, Monsieur.

— Des clous que t'en sais rien, dit Pete. Bougre de menteur, tu sais bougrement bien que ton père était un blanc et ta mère une négresse. Je parie tout ce que tu veux que tu n'as jamais vu ton père ? Pas vrai ?

— Si, Monsieur.

— Qu'est-ce que je t'avais dit, Hank, je savais bien que c'était un sang-mêlé, ils sentent quand même moins fort que ceux qui sont tout noirs. »

Ganus essayait de se défiler le long de la palissade, hors de l'atteinte du couteau de Hank. Vern Huff ramassa un des gourdins et l'obligea à reculer. Du regard, Ganus suppliait Robbie.

— Fiche la paix à Ganus, Vern.

— Tu sais ce que je vais te faire ?

— Non, Monsieur, mais pas le couteau ! pas le couteau, Monsieur !

— Je vais te couper le zizi, tu vas voir ; ça devrait te faire plaisir, ça t'évitera des tas d'ennuis par la suite. » Le couteau décrivait de dangereux cercles au niveau du bas ventre de Ganus. « C'est pas parce que ton père était un blanc qu'il faut croire que tu vas faire la loi ? Tu n'es qu'un nègre, parce que ta mère était une négresse. Et c'est pour ça que tu nous diras merci. Tu ne te rends pas compte du service que je te rends. Pas vrai, Pete ?

— Ah ! oui, pour un service, c'est un service, c'est pas à tous les nègres qu'on en rend des comme ça ! Mais tu devrais te mettre à genoux pour nous remercier.

— Messieurs blancs, vous devez vous tromper, moi je reste à ma place, et je n'ai pas l'intention de changer. Le Bon Dieu le sait bien, de là-haut, je vous promets, Monsieur.

— Peut-être, mais des fois que tu l'oublierais, sans le faire exprès. Tu serais bien avancé, hein ? Faut pas risquer ça avec un nègre.

— Oublie pas de lui couper le kiki, pendant que tu y es. Comme ça on n'aura plus à revenir.

Robbie restait le seul espoir de Ganus.

— Robbie, dis-leur que je m'occupe de mes affaires. Tu sais bien que c'est vrai. Hein, Robbie ? Quand je jouais aux billes avec toi dans la cour de monsieur Charley, est-ce que j'ai quelquefois fait quelque chose que je ne devais pas faire ? Est-ce que ça m'est arrivé de tricher pour te faucher tes billes ? Non, hein ? Mais dis-leur, Robbie, dis-leur !

— Alors, Robbie, c'est comme ça que tu laisses un négro t'appeler Robbie, sans dire « Monsieur » et te tutoyer par-dessus le marché !

Robbie fondit en larmes et attrapa Pete par le bras. Il ne se laissa pas faire quand l'autre voulut l'écarter.

— Fais plus de mal à Ganus, Pete. Il joue aux billes chaque fois que je lui demande, il est gentil, et puis il ne triche pas. Pete réussit à se dégager de Robbie.

— Non mais, pourquoi avons-nous emmené cette poule mouillée ? » dit Hank d'un ton furieux. D'un coup d'épaule, il envoya Robbie de l'autre côté de la ruelle. « Fous le camp chez toi, vas retrouver ta maman, elle te donnera la tétée, c'est l'heure et tu sais bien que tu devrais être rentré. Et fous la paix aux grands comme nous, t'es trop petit.

— Hank Newgood, laisse Ganus tranquille !

— S'il vous plaît, monsieur Hank, pourquoi les blancs veulent-ils me faire ça. Je n'ai jamais rien fait de mal. C'est vrai. Le Bon Dieu le sait bien.

— Pourquoi que tu lui dis pas, Hank ?

— Ce bon dieu de nègre sait bien, il essaie seulement de se défiler. C'est bien ça les nègres. C'est pas la première fois que j'entends ça.

— S'il vous plaît, monsieur Hank, je ne sais pas ce que vous voulez dire.

— Il n'aura pas besoin de savoir, quand je lui aurai fait une ou deux petites entailles avec mon couteau. Ça sera la fin de ses ennuis. Il devrait me dire merci, et au lieu de ça, il essaie de se tirer. Bon Dieu, je ne crois pas qu'il soit si bien élevé qu'il le dit. Moi, je trouve qu'un nègre qui a eu de l'éducation me dirait : « Vas-y et rends-moi ce service-là, comme ça je n'aurai plus d'empoisonnements.

— Attends que je lui demande quelque chose d'abord, dit Pete en écartant les autres. Ecoute, gars, qu'est-ce que tu penses des blanches ? Hein, qu'est-ce que tu en penses dans ta caboche crêpue ?

— Rien, rien du tout, Monsieur. » Il était absolument terrorisé. Vern intervint : « Moi, je croyais que si on éduquait les nègres c'était pour leur donner des idées !

— Attends, je sais comment lui faire dire ce qu'il pense. Ecoute, qu'est-ce qui vaut mieux, les blanches ou les noires ?

— Pourquoi essayez-vous de me faire dire des choses comme ça, monsieur Pete. Faut pas, c'est un truc dont il ne faut pas parler, pour un nègre.

Hank éclata de rire. « Il parle tout comme le prédicateur nègre que j'ai entendu une fois. Mon vieux l'asticotait avec une fourche, et il essayait de lui faire dire si Jésus était blanc ou noir. Vous l'auriez vu gigoter, et se tordre dans tous les sens pour essayer de s'en tirer !

— Alors, gars, tu crois que les négresses sont mieux ?

— Non, Monsieur, je n'ai pas dit ça.

— Les blanches, alors ?

— Oui, Monsieur, non Monsieur ! Je ne sais pas, je n'ai pas d'idée. Tout ce que je sais...

— Fais gaffe à ce que tu vas dire.

— S'il vous plaît, tout ce que je sais seulement, c'est ce qu'il faut que je fasse. Pourquoi essayez-vous de me faire dire ce qu'il ne faut pas ?

— Moi, je te pose une question, et c'est toi qui dois répondre. D'abord, comment ça se fait que tu en sais si long sur les blanches ? Comment sais-tu si elles valent mieux ou pas ?

— Mais je n'en sais rien, c'est la vérité du Bon Dieu, monsieur Pete.

— Vern Huff dit qu'il t'a vu dans le garage des Singfield. T'étais tout seul avec Stephana Singfield. Alors comment ça se fait que t'étais là-dedans tout seul avec une blanche ?

— Monsieur Pete, c'est elle qui m'a demandé de venir au garage faire des rétablissements. » De l'œil, il cherchait Robbie, il avait besoin que quelqu'un le croie en un pareil moment. « Je fais de mon mieux pour obéir à mademoiselle Stephana.

— C'est pas elle qui t'a demandé de faire de l'épate ? Pas vrai ?

— Non, Monsieur, tout ce qu'elle m'a dit...

— Alors pourquoi fais-tu ton malin devant une blanche ?

— Mais, je n'ai jamais eu envie de faire le malin.

— Et puis qu'est-ce qui nous prouve que t'as pas fait autre chose dans le garage ?

— Mais... je n'ai pas fait autre chose, monsieur Pete. Demandez à mademoiselle Stephana, elle vous dira bien que c'est vrai. C'est elle qui m'a dit de venir au garage faire des rétablissements devant elle, alors j'y suis allé...

— Qu'est-ce que t'en dis Vern ? Tu l'as vu dans le garage ?

— Oui, je l'ai vu, il faisait des rétablissements à la barre fixe, et il faisait son mariole. Ma parole, on aurait dit qu'il se prenait pour le fils de la maison. Je l'ai regardé tout le temps. Et après il s'est assis par terre, et avec un sourire d'idiot, encore ! On aurait dit qu'il attendait qu'elle lui passe la main dans les cheveux ! Non mais, aurait fallu que vous le voyiez lui sourire ! Il avait l'air de se croire plus blanc qu'elle.

— Probablement qu'il se figurait cueillir sa récompense. Plus ils sont clairs de peau, plus ils croient que ça va leur tomber.

— Bon Dieu, je suis aussi blanc que n'importe qui, mais moi je n'ai jamais eu l'occasion de faire joujou comme ça avec elle. Alors, tout de même, il y a de l'abus quand un nègre arrive à faire ce que moi, je n'ai pas le droit de faire. Non mais ! Ça fait deux mois que j'essaie de sortir avec elle !

— Moi, c'est pareil, dit Pete, avec un drôle d'air.

— C'est bien ça, il y a trop de petits couillons à lui courir après. Alors elle croit que c'est arrivé. Bon Dieu ! il y a d'autres filles à peloter.

— C'est pas la peine d'en dire du mal, Vern. C'est pas parce qu'elle ne t'a pas laissé faire. T'es peut-être pas tout à fait assez bien pour elle.

— Mes vieux sont aussi bien que les siens, tous les jours !

— Crois pas ça, l'argent lui sort de partout au père Singfield.

— Et mon père, alors ? Il a déjà ramassé plus de fric

avec son coton que ton père n'en fera jamais avec ses briquettons.

— Vos gueules ! dit Hank, en écartant Pete.

— C'est Vern qu'a commencé !

— Des clous alors !

— Oui, c'est toi !

Vern se précipita sur Pete et lui envoya un coup de poing. Pete essaya de riposter, mais Hank les sépara avec violence. Les deux autres restèrent à se regarder en chiens de faïence.

— Vous allez voir si je vous mets d'accord tous les deux, si vous ne la fermez pas ! » Il les fixa durement une minute, puis tout à coup se retourna vers Robbie, le poing levé. Robbie se cacha derrière Vern. « Je croyais que je t'avais dit d'aller chercher ta tétée. Qu'est-ce que tu fous encore ici ? »

Robbie ne trouva rien à dire et Hank se dirigea vers Ganus.

— Ça fait assez longtemps que tu travailles chez les Singfield. T'as compris, je ne veux plus te voir tourner autour d'une blanche : tu vas vider les lieux et chercher du boulot ailleurs. Compris ?

— S'il vous plaît, monsieur Hank, monsieur Charley m'a dit quand je suis entré à son service, que je ne m'en irais que lorsqu'il me le dirait. Si je m'en vais, il ne va pas être content. J'oserai jamais m'en aller.

— Moi, je m'en fous. Qu'est-ce que tu veux que ça me fasse ? Tu vides les lieux ou alors je m'occupe de toi ! » Le couteau étincelait de nouveau devant la figure de Ganus. « Tu vois ça ? Tu comprends ce que ça veut dire ? »

Tout à coup, Robbie fit à Vern un signe affolé : quelqu'un arrivait dans la ruelle.

Personne ne dit mot, mais Pete, en voyant l'ombre,

attrapa Hank par le bras et le fit pivoter, pour qu'il voie. Du même geste, Hank ferma son couteau et l'enfouit dans sa poche ; puis il s'appuya contre la palissade à côté de Ganus. Dans la pénombre, ils reconnurent Paul Benoit, propriétaire d'un des drugstores de Peachtree Street. Paul s'arrêta. Il rentrait souvent par la ruelle au lieu de faire le grand tour.

Ganus eut envie de s'échapper et de se cacher derrière lui : l'occasion ne se présenterait plus. Mais en pensant à ce que lui ferait Hank s'il le rattrapait, il y renonça.

— Qu'est-ce qui se passe, Vern ? demanda Paul, essayant de discerner leurs visages dans l'ombre.

— Rien, monsieur Benoit, dit Vern d'un ton hésitant. On cause. » Paul s'approcha. « Tu n'essaies pas de les entraîner encore dans de sales histoires, hein, Hank ?

— Oh ! non, monsieur Benoit.

Le regard de Paul se posa sur Pete. « Bonsoir, monsieur Benoit.

— Qui c'est le nègre que vous avez avec vous ?

— C'est Ganus Bazemore, dit Vern. C'est le petit domestique de chez les Singfield. »

Pete s'aperçut que Robbie essayait de se rapprocher de Paul. Il le rattrapa par le bras et le tira en arrière. Robbie pleurnichait. Il lui donna un petit coup de poing sec sur la tête, histoire de le faire taire.

— Tout va bien, les gars ? dit Paul, en les regardant les uns après lea autres.

— Oui, monsieur Benoit, dirent Hank et Pete presque ensemble. Tout va bien, monsieur Benoit.

— Ganus, ils ne te font pas de mal au moins ?

Ganus avala sa salive, il savait bien que c'était le moment ou jamais. Mais, dénoncer des blancs ? Du coin de l'œil, il les voyait le regarder d'un air d'appréhension ; il se demanda ce qu'ils pouvaient penser les uns et les autres. Que dirait-il si Paul s'apercevait qu'il n'avait plus de pantalon ? Heureusement, il faisait très noir.

— Non, monsieur Benoit », dit-il en le regardant bien en face. Il sentit l'atmosphère se détendre autour de lui. « Tout va bien, merci, monsieur Benoit.

— On s'est juste arrêté une minute pour causer avec Ganus. On s'en va chez nous. » C'était Vern qui intervenait.

Pour la première fois, Paul reconnut Robbie Gunsby. « Et toi, qu'est-ce que tu fais là ? Tu ne crois pas que tu devrais être rentré ? »

Dans les yeux de Pete, Robbie lut un avertissement et il ne put que répondre : « Oui, monsieur Benoit. »

Se retournant, Paul remonta l'allée jusqu'à sa porte.

— Bonsoir, les enfants !

— Bonsoir, monsieur Benoit, répondirent-ils à l'unisson.

Pendant un bon moment, personne ne dit rien ; personne n'osa bouger tant qu'ils n'eurent pas entendu Paul fermer la porte. Vern fut le premier à ouvrir la bouche. « Il pourrait nous dénoncer tous s'il arrivait quelque chose.

— Merde alors, gronda Hank en crachant aux pieds de Ganus, vous n'avez quand même pas peur de Benoit, ce n'est qu'un marchand de limonade.

— A ta place, j'aurais peur ! dit Robbie, échappant à la garde de Pete. Monsieur Benoit saura qui c'est, si vous faites du mal à Ganus.

— Combien de fois que je t'ai dit de foutre le camp chez toi. » Hank était vraiment en colère. « C'est de la faute à Vern si t'es venu. T'es trop petit pour aller avec les grands. C'est bien la dernière fois que je t'emmène. T'as compris ?

— Moi je croyais seulement qu'on allait lui jeter des cailloux à Ganus. Je croyais pas que vous vouliez lui faire du mal. Vous allez voir, si je ne vais pas chez moi raconter ça à tout le monde !

— Tu crois ça, poule mouillée ! Si tu racontes chez toi que j'étais ici, je t'étrangle. » Il tenait le cou mince de Robbie à deux mains. « Alors, tu vas le dire, ou tu le diras pas, hein ? Je t'étrangle, t'entends ? Alors tu ferais mieux de la boucler.

Robbie s'était remis à sangloter. « Je veux m'en aller ! »

Vern dégagea Robbie. « Prends-t'en à quelqu'un de grand comme toi. » Hank avait ouvert son couteau.

— Hank, si on collait seulement une petite tournée à Ganus et après on le laisserait filer. » Vern n'était plus à son aise et le couteau dans les mains de Hank lui faisait un peu peur. « Il se fait tard, il y a des gens dans les maisons, et ils vont finir par nous entendre et venir voir ce qui se passe. Et puis si Benoit revenait... Je ne tiens pas à être pris à jouer du couteau. Tu parles d'une tournée que mon père me flanquerait ! J'aime mieux pas y penser.

— Je veux rentrer chez nous, hurla Robbie accroché à Vern.

— Bon Dieu de bon Dieu, pourquoi que tous ces dégonflés ne sont pas restés avec leurs mamans. Merde, je ne savais pas qu'il y avait tant de foies blancs dans le bourg ! »

Les dents serrées sur la lèvre inférieure, il renvoya le poing en arrière. La lame décrivit une courbe rapide et entailla profondément l'épaule de Ganus. « J'ai peur de personne, moi ! »

Sans dire un mot, Ganus s'écarta aussi vite qu'il put. Il mit la main à son épaule et serra la blessure entre ses doigts. Robbie pleurait bruyamment.

— Tu l'as encore fait saigner, mais pourquoi que t'as fait ça ? il ne t'avait rien fait. Pourquoi que tu le blesses alors ? » Il s'enfuit dans la ruelle. « Je vais chez nous !

— Hank, Robbie Gunsby va nous dénoncer ! dit Vern d'un ton accusateur, t'avais pas besoin de faire ça.

— M'en fous. Tu parles ! faire une boutonnière à un nègre, qu'est-ce que c'est que ça ? Moi j'ai bien vu mon vieux cogner sur un négro, à lui arracher un œil.

Vern et Pete commencèrent à s'éloigner de lui.

— Ganus, tu ne diras rien ? Moi, je ne pensais pas tout ce que je t'ai dit. Pour sûr, j' te jure, hein Ganus ? » Vern ne savait comment s'en tirer.

Avant que Ganus ne puisse répondre, Hank envoya Vern promener d'une bourrade. Il attira Ganus au milieu de la ruelle. « Fous le camp, sale nègre, et ferme ta gueule si tu ne veux pas qu'il t'arrive malheur. Je pourrais te faire la vie dure, t'entends ? »

Sans prendre le temps d'aller chercher son pantalon, Ganus s'enfuit dans la direction de Poinsettia Street. Il était presque arrivé quand un gros caillou vint frapper la palissade. Il se mit à courir à toutes jambes et ne s'arrêta pas avant d'arriver chez tante Hazel.

## IV

C'était la fin de mai, et personne ne semblait penser à payer les gages de Kathyanne. Cela faisait cinq semaines que cela durait. Quand elle avait quitté les Swayne, Kathyanne était venue travailler chez Madgie Pugh. Elle faisait la cuisine, le nettoyage, la lessive et les tâches quotidiennes. Mais chaque fois qu'elle avait essayé de parler gages, Madgie avait montré des signes d'impatience et avait fini par dire qu'elle n'avait pas le temps d'en discuter. Cinq semaines que cela durait, exactement depuis le dernier samedi d'avril, et Kathyanne ne comprenait pas pourquoi Madgie continuait à se dérober.

Les Pugh vivaient à un kilomètre du centre de la ville. Leur maison, de brique rouge, était tout au bout de Palmetto Street, dans un lotissement récent : un terrain vague, où poussait mal un peu de genêt et de blackjack épineux, et que l'agent d'affaires avait baptisé *les Roseaux.* Mais c'était en train de devenir un coin chic, pour des gens qui pouvaient s'offrir le luxe de jardins entretenus toute l'année ou encore de remplacer le gazon d'été par un gazon d'hiver.

Rougeaud, jovial, Carter Pugh était directeur général de la plus importante usine d'égrenage de coton. Sa femme et lui avaient toujours vécu ici, y étaient nés et s'y étaient mariés. A vrai dire, ils s'étaient mariés un peu précipitamment sans prendre le temps de faire une cérémonie à l'église : il fallait au plus vite arrêter le scandale qui avait éclaté lorsqu'on avait découvert par hasard qu'ils avaient passé une nuit ensemble dans un hôtel d'Augusta. Ils avaient maintenant un peu plus de quarante ans, et deux enfants, Jimmy et Frances, tous deux au collège.

Madgie était présidente de l'Association des Amateurs de jardins, et, deux après-midi par semaine, allait présider une réunion de comité. Tous les dimanches, elle emmenait Carter et les enfants au service du matin, et tous deux retournaient encore au service du soir. Carter refusait énergiquement d'aller aussi à la prière du mercredi soir : c'était quand même trop de religion pour un seul homme. Madgie y allait seule. Chaque fois qu'elle en avait l'occasion, elle faisait état des six générations de baptistes de sa famille, et des sept prédicateurs que les deux maisons avaient donnés au culte.

« Mais enfin, Kathyanne, pourquoi passez-vous votre temps à me poursuivre de vos récriminations ? » dit Madgie, lorsque, ce matin-là, Kathyanne lui rappela qu'on ne l'avait pas encore payée. Dans des moments comme celui-ci, Madgie avait l'habitude de lever les bras au ciel et de les agiter, un peu comme un oiseau qui bat des ailes contre un grillage. C'était une personne nerveuse, exaltée : quand on la poussait à bout, elle se mettait à hurler. Ses proches voisins s'étaient faits à ces crises, et ils ne venaient plus frapper à la porte pour demander ce qui se passait. D'ordinaire, Carter lui cédait, plutôt que d'avoir à supporter de telles scènes. Elle avait toujours du mal à garder ses bonnes qui partaient toutes au bout d'une semaine ou deux. « J'ai horreur, hurla-t-elle de sa voix aiguë, horreur qu'on vienne m'ennuyer ainsi quand j'ai des choses plus importantes en tête. Il doit arriver une délégation de Macon pour une visite des jardins d'azalées, alors j'ai autre chose à penser ! Si je ne vous l'ai pas dit une fois, je vous l'ai dit cinquante, nous discuterons cette affaire à la première occasion. » Avec un dernier moulinet des bras, elle se leva, la mine exaspérée. A son expression, on voyait qu'elle jugeait l'incident clos. « Alors, montrez-moi, s'il vous plaît, la considération à laquelle j'ai droit, Kathyanne ! Après tout, vous n'êtes ici qu'une domestique ! Restez donc à votre place !

— Mais, madame Madgie, il faut que vous me donniez un peu de ma paye, notre loyer n'est pas payé depuis deux mois, et il faut qu'on paie toutes les semaines. Et puis il faut des médicaments à tante Hazel. Mon frère ne travaille pas et puis...

— Eh bien, pourquoi ne travaille-t-il pas ? interrompit-elle de sa voix perçante. S'il n'y avait pas tant de gens de couleur à ne rien faire dans le monde, nous n'aurions pas tous ces ennuis. Envoyez donc votre fainéant de frère au travail. Quand on pense ! un homme capable, fort, et qui ne gagne pas sa vie ! Enfin qu'est-ce que vous avez, les nègres, avec vos histoires à faire pleurer, il vous arrive toujours des tas de malheurs. Moi, j'en ai assez, à la fin ! Vous m'ennuyez ! Mais, vous ne vous respectez donc pas ? »

Kathyanne ne tenta même pas de répondre. Il y avait assez longtemps qu'elle travaillait chez les Pugh pour savoir qu'on n'attendait pas de réponse à des questions de ce genre. En fait, c'était, chez Madgie, une façon caractéristique de s'exprimer et il lui arrivait de se fâcher pour de bon, si on les interprétait trop littéralement. Un jour, Madgie lui avait lancé à la tête une corbeille à papiers, parce qu'elle avait essayé d'expliquer pourquoi elle n'était pas vidée. Les enfants tremblaient de peur devant elle, et bien souvent, lorsqu'ils partaient en classe le matin, ses hurlements les suivaient jusque dans la rue. Carter, lui, s'arrangeait toujours pour avoir fini de déjeuner et être dehors quand elle se levait.

Madgie était allée jusqu'à la porte, mais elle s'arrêta et se retourna vers Kathyanne, avec une expression bizarre, comme si tout à coup, elle se souvenait de quelque chose. Elle revint à la table et se rassit. Elle était remarquablement calme. Pour une fois, elle ne tambourinait pas sur la table avec son couteau et sa fourchette, elle ne faisait pas tourner le pied de son verre entre ses doigts. Non, ses mains étaient immobiles sur la nappe blanche. Jamais encore Kathyanne ne l'avait vue ainsi : peut-être avait-elle changé d'avis et allait-elle enfin la payer ? Elle vint se placer devant Madgie.

— Oh, Kathyanne, pendant que j'y pense », et pour la première fois il n'y avait dans sa voix nulle trace d'irritation ou d'impatience, « il y a quelque chose que je voulais vous demander depuis longtemps.

— Oui, madame Madgie.

— Vous ne m'avez pas apporté de certificat, quand vous êtes entrée dans cette maison. » Elle souriait. « Madame Swayne ne vous en a pas donné ? »

De déception, les jambes de Katyanne se dérobèrent, elle dut s'accrocher au dossier de la chaise devant elle. Les sourcils levés, Madgie souriait toujours.

— Je n'en ai pas demandé, madame Madgie.

— Ah vraiment, et pourquoi ?

— Sur le coup, je n'en ai pas demandé, et je ne suis jamais retournée en demander un.

— Vous êtes sûre que c'est bien ça, Kathyanne ? » Elle avait pris un couteau et s'était mise à tambouriner distraitement sur la table. « Etes-vous sûre qu'elle vous en aurait donné un ?

— Je crois, si j'avais demandé !

Sceptique, Madgie sourit : « Mais pourquoi ne l'avez-vous pas demandé en partant ?

— Il était tard, et madame Norma revenait juste de Savannah, et je n'avais pas envie de l'ennuyer avec ça. » Elle s'arrêta et regarda Madgie bien en face. « Vous ne m'en avez pas demandé un quand je suis entrée à votre service, madame Madgie ! »

Madgie se versa du café et le remua d'un air pensif tout en regardant Kathyanne. « Cela n'a pas d'importance... Sans doute cela m'est-il sorti de l'idée à ce moment-là.

— Si vous voulez, je ne demande pas mieux que d'aller demander un certificat à madame Norma.

— Je vous ai dit, Kathyanne, que cela n'a pas d'importance, s'écria Madgie avec un geste nerveux des mains. Fichez-moi la paix avec cela. » Son irritation passagère était passée. Au bout d'un instant elle regarda de nouveau Kathyanne, en souriant d'un air engageant. « Dites-moi, Kathyanne, comment mangent les Swayne ? De la cuisine ordinaire quand il n'y a pas d'invités ? ou alors des morceaux de premier choix ? des primeurs ? Hein, Kathyanne, qu'est-ce qu'ils mangent ? »

Le ton, et le sourire, montraient à Kathyanne qu'elle brûlait de curiosité à l'égard de la vie des Swayne. Il y avait longtemps qu'elle avait envie d'avoir des détails. Kathyanne chercha à éluder les questions ; elle savait bien que tout ce qu'elle pourrait dire, même en faisant attention, irait alimenter les cancans pendant des semaines. Elle voyait bien que Madgie guettait sa réponse et pendant ce temps elle cherchait ce qu'elle pourrait répondre. Elle ne voulait rien dire qui pût faire du tort à Norma. Personne ne l'avait jamais si bien traitée et elle aurait bien voulu rester travailler chez elle. Mais il fallait qu'elle dise quelque chose. Madgie s'impatientait. Et pourtant, malgré son insistance, il ne fallait rien dire qu'on pût lui reprocher par la suite.

— Les repas chez madame Norma, sont... à peu près comme ici, madame Madgie, finit-elle par répondre.

Madgie était déçue, mais elle ne se découragea pas. Depuis que Kathyanne travaillait chez elle, elle attendait cette occasion, et elle n'allait pas la laisser passer.

— Oh, Kathyanne, vous savez bien que vous pouvez avoir confiance en moi. Vous ne croyez quand même pas que j'irais répéter un seul mot de vos confidences. D'ailleurs Norma est une de mes plus chères amies, alors vous pensez bien que je n'irais rien répéter qui puisse la vexer, pas moi, quand même ! D'ailleurs on me connaît bien pour cela.

— On mange chez elle à peu près comme chez vous, madame Madgie, je vous assure. Souvent du poulet à la casserole avec des petits pois, comme on a eu bien des fois depuis que je suis ici.

— Mais, si monsieur Pugh aime le poulet casserole et les petits pois... Je cherche à donner à mon mari ce qu'il aime, et toutes les femmes devraient en faire autant. » Madgie était sur la défensive et parlait avec un tant soit peu de raideur. Elle laissa passer quelques instants avant de continuer. « Eh bien, dit-elle comme si elle se parlait à elle-même, avec tout l'argent qu'elle est supposée avoir en propre, moi j'aurais cru qu'ils mangeaient beaucoup mieux. Mais il y a des gens riches comme cela. Je savais que Norma était pingre. Si elle dépensait un peu plus pour sa toilette, elle aurait peut-être un peu plus d'allure. Il y a des jours où elle fait vraiment négligé. » Elle but une gorgée de café et écarta la tasse. « Qu'est-ce qu'elle a comme draps, Kathyanne ? des draps de percale, ou du fil à fil ordinaire ? Et ses couvertures ? est-ce tout laine, ou coton et rayonne ? »

Kathyanne se méfiait. « Je n'ai pas fait attention, madame Madgie.

— Et dites-moi, qu'est-ce qu'elle utilise comme couverts quand ils sont seuls ? Est-ce son argenterie, ou du métal ordinaire ? Je me suis souvent posé la question. Je sais bien que Norma est maniaque pour bien des choses, mais pour d'autres, non vraiment...

— Ses couverts sont juste comme les vôtres, madame Madgie.

L'irritation de Madgie allait croissant, mais elle faisait de son mieux pour la dissimuler. Elle fit une dernière tentative.

— Dites-moi, Kathyanne, on m'a dit que Norma fait porter la même chemise à son mari pendant deux ou trois jours pour économiser le blanchissage. Et quand on pense qu'il est sous-directeur à la banque ! Même si c'est elle qui l'a enlevé à la boutique pour le mettre là où il est maintenant... Bien sûr ce sont sans doute des racontars, cette pingrerie sur la blanchisserie, mais quand même cela ne m'étonnerait pas trop chez elle. C'est vrai ça, Kathyanne ?

— Je ne sais pas, madame Madgie.

Du coup, les lèvres de Madgie se durcirent en une

ligne étroite et sèche qui barrait son visage. Elle dévisagea Kathyanne.

— Allons, Kathyanne, je veux la vérité. Avez-vous quitté madame Swayne de votre propre gré, ou vous a-t-elle mise à la porte ? Quelle a été la vraie raison ?

— J'ai quitté la maison parce que j'en avais envie.

— Kathyanne, vous commencez à m'ennuyer. Je ne vous crois pas. Je suis sûre qu'il y a eu autre chose. Vous m'avez dit n'être restée chez elle que six ou sept mois : or je l'ai toujours vue garder ses bonnes deux ou trois ans, ou plus. Alors, dites-moi la vérité.

— Mais, c'est comme je vous ai dit, madame Madgie. J'avais envie de m'en aller.

— Je pourrais lui téléphoner, et elle me dirait certainement ce qu'il y a eu. Il y a assez longtemps que nous nous connaissons.

— Je vous ai dit, madame Madgie, je voulais m'en aller.

— Mais pourquoi, Kathyanne ?

— J'ai pensé qu'il vaudrait mieux que j'aille travailler ailleurs.

— Alors, c'est ça ! Alors c'était une raison personnelle, n'est-ce pas ? Ce n'était pas à cause de votre travail. Cela aurait pu arriver n'importe où. C'est bien ça, hein, Kathyanne ?

— Sans doute.

Le sourire de Madgie cherchait à donner l'impression qu'elle était au courant de tout ce qui s'était passé, et qu'il était désormais inutile de lui cacher quoi que ce soit.

— Oh, je comprends bien que dans certains cas, votre présence dans une maison peut amener des complications. » Elle jaugeait Kathyanne du regard. « Une fille de votre âge, avec un certain type de charme féminin, votre allure, votre teint, doit sans doute plaire à certains hommes, enfin à ceux qui n'ont pas de préjugés. Oh ! je ne doute pas qu'il y en ait des tas, n'est-ce pas, Kathyanne ? Des blancs, bien sûr, vous êtes au courant, n'est-ce pas, Kathyanne ?

Celle-ci ne répondit rien, mais d'ailleurs Madgie n'attendait pas d'approbation.

— Cela vous est sans doute déjà arrivé, hein, Kathyanne ?

Kathyanne ne dit rien. Elle se demandait cependant si Norma s'était doutée de quelque chose et en avait parlé à Madgie. Cette fois elle voyait exactement où l'autre voulait en venir, elle savait où allait aboutir la conversation : ce n'était pas le moment de perdre la tête.

— Kathyanne — Madgie parlait à mi-voix, confidentiellement — Kathyanne, est-ce que mon mari... est-ce que monsieur Pugh... est-ce qu'il a montré un intérêt quelconque... d'une façon ou d'une autre... enfin, Kathyanne, vous voyez bien ce que je veux dire. Les hommes n'arrivent pas à nous cacher ces choses... ils se trahissent toujours, n'est-ce pas... de vrais enfants dans ces moments-là. On devine toujours ce qu'ils pensent. Soyez très franche, Kathyanne. Vous savez bien que je ne dirai rien à monsieur Pugh. Allons, vous pouvez avoir confiance en moi. A-t-il jamais suggéré... a-t-il jamais essayé de... ? enfin, Kathyanna, répondez !

— Non, madame Madgie, répondit Kathyanne d'une voix ferme en la regardant droit dans les yeux.

— C'est bien vrai ? C'est bien sûr, Kathyanne ? » Les lèvres de Madgie tremblaient. Sur ses genoux, ses mains étaient nerveusement serrées l'une contre l'autre. « Il faut que je sache, Kathyanne !

— C'est la vérité vraie, madame Madgie !

Madgie se redressa avec un soupir plein d'incertitude, et se rejeta en arrière, soudain tassée : elle paraissait d'un seul coup dix ans de plus.

— Je me demande si je dois vous croire. Les femmes mentent tellement dès qu'il est question de ces choses, même les filles de votre âge. Oui, je me demande... Le front plissé, elle hochait la tête et laissait couler ses larmes. C'est terrible de ne pas savoir. Après tout, il vaut peut-être mieux supposer le pire, alors on ne se pose pas de questions. On ne peut avoir aucune confiance dans les hommes, même pas monsieur Pugh. Bien sûr, les filles de couleur sont si tentantes, même les plus foncées, encore plus les mulâtres ou les quadronnes... Même mon père... Alors je me demande quelquefois si monsieur Pugh... mais comment voulez-vous que je sache... Mais si j'apprenais. » Elle sanglotait. « Ah, si j'avais autant de charme que vous... je donnerais n'importe quoi... parce qu'alors je ne me ferais plus de souci pour monsieur Pugh ! »

Madgie essuya ses larmes avec sa serviette et elles se regardèrent toutes les deux, chacune essayant de deviner l'autre. L'heure passait, et le ménage n'était pas encore commencé. Kathyanne cherchait un biais pour ramener la conversation sur le sujet des gages, sans énerver Madgie ni la mettre en colère.

— Kathyanne, si j'apprenais un jour..., dit Madgie d'un ton hésitant, rien ne m'arrêterait, sachez-le, je n'aurais pas de pitié, je vous tuerais ! Oui, Kathyanne, je vous tuerais. Ne l'oubliez jamais !

— Oui, madame Madgie.

Madgie se leva et se dirigea vers la porte. Elle était

déjà presque sortie quand Kathyanne se décida à parler.

— Madame Madgie...

Madgie se retourna.

— Madame Madgie, pour mes gages...

— Oh, oui ! » Madgie semblait soulagée, comme si elle s'était attendue à autre chose. « Oh, oui ! Je reviens, Kathyanne. » Elle sourit et se dirigea vers le vestibule.

Dès qu'elle eut desservi, rangé la nappe et les serviettes, Kathyanne alla faire la vaisselle à la cuisine. Tout en travaillant, elle se demandait pourquoi Madgie avait soudain changé d'attitude. L'oreille tendue, elle attendait son retour. Mais un quart d'heure passa. En rangeant les assiettes dans le buffet, elle commençait à se faire du souci. Bien sûr, Madgie avait menti, elle n'avait pas du tout l'intention de revenir. Elle ne savait plus que faire. Clyde Picquet lui avait donné jusqu'à ce soir même pour payer le loyer, et puis il y avait les médicaments de tante Hazel. Elle donna un rapide coup de balai, mit les torchons à sécher et alla jusqu'à la porte de la salle à manger. Madgie traversait le vestibule. Kathyanne retourna vite à sa cuisine et s'arrêta près de la table. Elle était soulagée d'entendre des pas. Elle savait bien que Madgie ne sortirait pas sans la payer.

Madgie entra, les bras pleins de vêtements qu'elle laissa tomber sur la table avec un large sourire de satisfaction. Il y avait là plusieurs robes de laine démodées, des robes qui étaient restées des années accrochées à un clou dans un coin de la penderie, des bas dépareillés noués en boule, pleins d'échelles, et une paire de vieilles pantoufles roses, sales et éculées. Madgie chercha sous la pile et sortit un vieux feutre à plumes aplati et poussiéreux. Les doutes dont Kathyanne avait été envahie en voyant entrer Madgie tournaient à la panique. Elle recula.

— Alors ! dit Madgie, jetant le vieux chapeau sur la pile avec un geste généreux. Quand je pense que j'avais presque oublié toutes ces jolies choses, il y a si longtemps que je ne les ai regardées de près. C'est très généreux de ma part, Kathyanne. J'espère au moins que vous vous en rendez compte. Ce sont là des robes qui ont coûté un prix fou ! Et le chapeau ! Un chapeau que j'ai acheté à Atlanta ! Cela me fait un peu de peine de les donner, mais je sais que cela vous fait plaisir. Oh ! bien sûr, il faudra quelques petites retouches, je suis quand même un peu moins mince que vous. Alors, Kathyanne ? Ne restez pas là à ne rien dire. Vous n'allez même pas me dire merci ? Mais vous rendez-vous compte de ma générosité ? Mais enfin, dites quelque chose, Kathyanne !

Celle-ci essaya de ne pas montrer l'étendue de sa déception ; elle espérait encore avoir une partie au moins de ses gages en argent. Se mordant les lèvres, elle attendit d'avoir retrouvé tout son sang-froid. Elle savait bien que, si elle n'y prenait garde, elle en dirait trop. Mais en même temps, elle sentit couler des larmes qu'elle n'arrivait pas à contenir.

— Mais enfin, Kathyanne, qu'avez-vous ? Je ne vous comprends pas, vous ne dites pas un mot ! La voie de Madgie était aiguë et agressive.

Kathyanne savait que Madgie allait se fâcher mais tant pis, elle n'y pouvait plus rien. « Je ne peux pas prendre ça comme salaire, madame Madgie, c'est de l'argent qu'il me faut !

— Vous vous croiriez déshonorée de porter mes vieilles robes, sans doute ?

— Non, ce n'est pas ça.

— Alors, qu'est-ce que c'est ?

Cette fois, Kathyanne se força à ne pas répondre.

— Ingrate et idiote ! Voilà ce que vous êtes. Je n'ai jamais vu ça. Quand vous êtes entrée à mon service, je croyais avoir trouvé quelqu'un de bien. Sans doute me suis-je trompée. Vous êtes comme les autres. Vous n'avez aucune gratitude. Il n'y a rien qui m'irrite comme cela.

— Cela me ferait bien plaisir, madame Madgie, mais je n'ai pas besoin de robes, j'ai besoin de sous.

— Des sous ! Mais vous essayez de m'extorquer les deux, l'argent et les robes. Je vous connais, vous les nègres. J'aurais dû me douter, mais vous ne me tromperez pas. Cela fait des années que je vis avec des nègres, et je connais tous leurs tours, et mieux qu'eux. Vous ne cherchez que les occasions de tromper votre monde, oui ! toutes les occasions ! Ça doit être inné en vous et ça durera jusqu'à ce que crève le dernier ! Non, Kathyanne, vous ne m'aurez pas !

— Mais quand je suis entrée à votre service...

— Quand vous êtes entrée à mon service ! Ecoutez-moi ça ! Quelle menteuse ! Cela prouve encore qu'on ne peut rien croire de ce que raconte un nègre. Pas une once de vérité. Quand vous êtes entré à mon service, il n'a jamais été question d'argent, vous le savez bien, jamais, pas une fois, entendez-vous ? Vous avez dit que vous travailleriez pour des gages raisonnables.

— Quand on entre au service de quelqu'un, on sait bien qu'on va être payé en argent, madame Norma me payait tous les...

— Ah ! taisez-vous ! Je ne veux pas que vous me parliez sur ce ton ! On dirait que j'essaie de vous voler. Je vous ai dit ce qu'a été notre accord au départ, et je m'y tiens. J'ai toujours payé mes domestiques de cette façon, et elles étaient bien contentes. Je n'en ai jamais vu comme vous. Mais enfin, oubliez-vous que depuis un mois vous mangez ici trois repas par jour, des repas que moi je vous donne ! Alors, dans l'ensemble, je crois que je suis très généreuse. Vous n'en trouverez pas beaucoup en ville, des domestiques aussi bien traitées que vous. Vous n'êtes qu'une ingrate, Kathyanne ! Et vous verrez, vous le regretterez, vous mendierez dans la rue, et alors vous viendrez me les demander, ces robes. Non ? Pourquoi non ?

— J'ai besoin de quinze dollars pour payer le loyer du mois dernier.

Madgie saisit un moule à gâteaux sur la table et le lança de toutes ses forces sur le plancher. A grand bruit, le moule alla heurter le mur d'en face.

— Vous êtes tous pareils, vous les nègres, tous à mendier, sans arrêt ! Ça ne rate jamais : plus on vous donne et plus vous exigez. Eh bien ça ne prend pas ! Je ne vous donnerai pas un sou ! pas un sou, vous entendez, après ce que vous m'avez dit. Vous êtes restée à la campagne jusqu'à ce qu'on vous offre une éducation, et puis vous êtes venue en ville, et vous croyez maintenant que vous avez tous les droits. Il faut qu'on vous remette en place et qu'on vous apprenne des leçons que vous n'oublierez jamais.

— Les robes sont très jolies, madame Madgie, mais c'est l'argent du loyer...

Exaspérée, Madgie inspira longuement. Bientôt, un sourire forcé parut sur ses lèvres.

— Kathyanne, je ne veux pas être dure avec vous. J'ai toujours pensé que nous les blancs, nous devons faire un effort pour comprendre les nègres, les aider, et leur montrer ce qu'il faut faire, comme à des enfants.

Chaque fois qu'on parle devant moi des relations harmonieuses entre les deux races, je me dis que tout serait si simple si les gens m'écoutaient. Je n'irais pas gronder un de mes enfants parce qu'il n'a pas le jugement d'un adulte : je lui expliquerais pourquoi il ne doit pas agir ainsi. Voilà ce que j'appelle agir intelligemment. C'est exactement ce que je veux faire avec vous, Kathyanne, mon petit. Je veux être patiente, je veux vous aider à comprendre. Alors, si vous voulez les robes, il n'est pas trop tard pour changer d'avis. Elles sont jolies, vous savez. Regardez la robe à rayures. Elle ne vous plaît pas, Kathyanne ? Bien sûr, il fait un peu chaud pour la mettre maintenant ; mais pourquoi ne la mettriez-vous pas dans la naphtaline jusqu'à l'automne. Tenez, je vous donnerai de la naphtaline.

— Non, madame Madgie, il faut que je m'en aille et que je cherche une autre place. Bien sûr, j'aimerais mieux donner mes huit jours, mais je ne peux plus travailler ici, si on ne me paie pas pour de bon.

— Ah non, alors ! » La colère de Madgie remontait. Elle lança la robe sur la table. « Personne ne m'a jamais parlé sur ce ton. Vous croyez peut-être que je vais vous laissez partir pour que vous alliez raconter partout que je voulais vous payer avec de vieilles robes. Il y a des tas de gens qui seraient trop contents d'aller répéter ça. Ah non alors ! Je sais bien que ça vous ferait plaisir. Mais, vous entendez ! Personne n'ira faire d'histoires sur mon compte. J'ai une situation en vue et j'entends la garder. Alors, Kathyanne, vous entendez, vous ne partirez pas. C'est compris ?

— Mais, madame Madgie, s'il vous plaît...

— Si les nègres dans votre genre ne perdaient pas tout leur temps, vous n'auriez pas de retard pour votre loyer et le reste. Ce n'est tout de même pas ma faute, et vous voudriez que je vous plaigne par-dessus le marché !

Le visage congestionné, les lèvres tremblantes, Madgie vint se placer devant Kathyanne et la toisa avec mépris.

— Je vais vous dire, Kathyanne, quelque chose que je garde sur le cœur depuis si longtemps que cela m'étouffe. Il n'y a rien que je méprise plus au monde qu'un sale nègre qui pue !

Il y eut un long silence, pendant lequel on n'entendit que le tic-tac de la pendule sur l'étagère au-dessus de la cuisinière.

— Je regrette, madame Madgie, dit Kathyanne d'une voix contenue, mais je ne peux plus travailler pour vous après ce que vous avez dit.

— Vous feriez mieux de m'écouter et de faire comme je vous dis. Je vous avertis, Kathyanne Bazemore, si vous me désobéissez et si vous partez d'ici, je le dirai à mon mari et vous verrez si vous trouvez une place après. Moi, je dirai partout que vous êtes malhonnête, voleuse, menteuse, immorale, et ce sera vrai parce que tous ceux de votre race sont comme ça, tous ! et pis encore. » Elle poussa un rire aigu qui tremblait un peu. « Quand j'en aurais fini, personne ne vous engagera plus, personne ! Et ce sera bien fait pour vous quand vous en serez réduite à mendier une journée de travail par-ci par-là.

Le visage de Madgie était livide.

— Il faudra que je me débrouille alors, parce que je m'en vais. Je regrette, madame Madgie, mais il le faut, je ne pourrais plus rester.

Kathyanne alla jusqu'à la porte et l'ouvrit. « Je ne peux pas travailler pour de vieilles robes, pas même pour de l'argent, pas après ça. Faudra que vous trouviez quelqu'un d'autre.

— Je vous ai avertie, Kathyanne ! dit Madgie d'une voix aiguë, presque hystérique. Elle tremblait de tous ses membres. « Si vous dites un seul mot, si vous dites à qui que ce soit que vous êtes partie parce que je voulais vous payer avec de vieilles robes, vous ne trouverez jamais plus une place à Estherville. Mon mari y veillera. Je ne pourrais pas le supporter. Soyez gentille, promettez-moi que vous ne direz rien, je vous en prie, Kathyanne !... Kathyanne ! »

Fermant la porte derrière elle, Kathyanne traversa le porche en courant, descendit les marches et s'enfuit dans le chaud soleil de cette matinée de mai.

*Deuxième partie*

# PLEIN ÉTÉ

## V

Depuis six heures et demie du matin, Ganus attendait devant la boutique de cycles de Claude Hutto. Il était presque neuf heures un quart quand Claude, après être passé prendre son courrier, arriva sans se presser par Peachtree Street, pour ouvrir enfin sa boutique. C'était une belle matinée chaude de juillet. Claude était un veuf d'âge mûr. Il n'avait qu'une enfant, Mabel, mariée à quinze ans à un fermier qu'elle avait quitté pour suivre un garçon coiffeur d'Atlanta. Claude n'ouvrait pas souvent pendant les chaleurs de l'été. C'était en effet l'époque où les enfants n'avaient pas besoin de leur bicyclette pour aller à l'école et il y avait peu de réparations à faire. Du début de juin à la fin d'août, il fermait presque toujours le samedi, et allait pêcher le chabot dans la Savannah. C'était en septembre qu'il travaillait le plus, avec l'échange des vieux vélos contre des neufs. Il y avait aussi décembre avec les cadeaux de Noël, les années où le coton avait rendu.

Claude avait bien remarqué un jeune noir, en combinaison rapiécée et chemise d'un bleu passé qui regardait d'un air d'envie les trois bécanes neuves exposées dans la devanture, mais il n'y avait pas prêté attention. Après avoir ouvert et posé le courrier sur son bureau, Claude prit le balai et se mit à nettoyer le trottoir devant la boutique. Quand il rentra, Ganus était à l'intérieur, en arrêt devant une des bicyclettes posées sur un support, un dernier modèle, émaillé en rouge avion et gris métallisé, avec une fourche à ressorts, des pédales caoutchoutées et des jantes chromées. Ce n'était pas la première fois que de jeunes noirs entraient admirer les vélos exposés chez Claude. Mais cela ne lui plaisait pas beaucoup, parce que la plupart ne pouvaient être des clients intéressants avec ce qu'ils gagnaient en dehors de leurs heures de classe. De temps en temps il lui arrivait d'en vendre un à un jeune de dix-huit ou dix-neuf ans, mais alors il avait un travail régulier. Claude s'arrêta sur le pas de la porte et se demanda s'il devait mettre Ganus dehors. Bien sûr, les dollars d'un nègre valaient bien les autres, mais enfin il n'aimait pas trop en voir dans la boutique quand ils ne venaient pas acheter : les gens d'Estherville évitaient les magasins où on laissait flâner les nègres et plus d'un commerçant avait fait faillite pour n'y avoir pas prêté attention. Claude se demandait encore ce qu'il allait faire quand il vit Ganus mettre la main sur le chrome du guidon : cette fois il n'allait pas le laisser faire, il y avait des gens qui refusaient d'acheter un article s'ils le soupçonnaient d'avoir été touché par un nègre.

— Qu'est-ce que tu veux mon garçon ? demanda-t-il d'une voix rude.

Ganus retira vivement sa main. « Bonjour, m'sieur Hutto, dit-il en se retournant.

— Tu me connais ? Moi, je ne te connais pas.

— Je m'appelle Ganus Bazemore, m'sieur Hutto.

— Connais pas, c'est la première fois que je te vois. D'où viens-tu ?

— J'habite en ville depuis l'été dernier.

— Ça continue à ne rien me dire. Tu veux quelque chose ?

— Je suis venu pour acheter un vélo, m'sieur Hutto.

— En acheter un ?

— Oui, m'sieur Hutto. Je le voudrais tout de suite. Ça fait longtemps que j'ai envie d'un beau vélo comme ça.

— T'as du travail ?

Ganus regarda encore la bicyclette sur son support et fit non de la tête.

Avec son balai, Claude lui montra la porte. « C'est pas la peine de traîner ici, mon gars, fiche le camp. Je ne veux pas de nègres dans ma boutique quand ils n'ont rien à acheter. Je n'ai pas de temps à perdre avec des gens comme toi, et puis, il peut arriver des blancs... Quand tu auras un boulot sérieux et de l'argent tous les samedis, alors tu pourras revenir m'en causer ; en attendant, taille.

Tout en faisant bien attention à se tenir hors de portée, Ganus sortit sur le trottoir. Il s'arrêta sur la bordure pendant que Claude donnait de vagues coups de balai au ciment devant la boutique. En repassant la porte, Claude s'aperçut que Ganus le suivait. « Je croyais t'avoir dit de filer. T'as pas entendu ?

— M'sieur Hutto, je voudrais vous demander quelque chose.

— C'est pas la peine, mon gars. J'ai des vélos, d'accord, mais toi, t'as pas d'argent. Alors, reste pas là à reluquer, je t'ai déjà dit de foutre le camp. Tu vas voir si j'appelle la police. Il y a pas mal de cailloux à casser le long des routes en ce moment, et tu pourrais bien y aller pendant deux ou trois mois. Alors, fais comme je te dis et débine toi !

Ganus s'éloigna et Claude rentra dans le magasin. Cependant, quelques minutes plus tard, tandis qu'il essuyait le comptoir, il vit Ganus s'encadrer de nouveau dans la porte.

— Ça vaut combien un vélo, m'sieur Hutto ?

— Quarante-neuf dollars cinquante. » Voilà un chiffre au moins qui le découragerait. « Et puis, il y a les accessoires. » Comme ça il s'en irait sans l'embêter davantage.

— Oh ! je n'ai pas tant d'argent. Ganus hochait tristement la tête. Mais quand j'aurai du travail, je pourrai payer toutes les semaines.

Claude le regarda d'un air pensif. Après tout il avait peut-être mal jugé ses capacités, et peut-être le gosse pouvait-il réellement acheter une bécane. Cela faisait presque un mois qu'il n'en avait pas vendu une. Il lâcha son balai et revint sur le devant de la boutique.

— Combien que t'as ?

— J'ai rien pour l'instant, m'sieur Hutto.

Claude fut déçu. « Tu n'as pas l'air de comprendre comment on vend les bicyclettes. Il faut que tu paies comptant, parce que tu n'as pas de travail. A moins que tu paies la moitié comptant et que tu t'arranges pour verser le reste toutes les semaines, et puis il y a le port et les autres frais. Tu ne te rends pas compte qu'il faut du vrai argent pour acheter ?

— Mais, m'sieur Hutto, moi je veux bien. C'est pour ça que je suis venu.

— Tu veux payer la moitié comptant ?

— Oui, m'sieur Hutto.

— Mais tu viens de me dire que tu n'avais pas

d'argent du tout. Alors qu'est-ce que tu racontes ? On va t'avancer de l'argent pour le comptant, c'est ça ?

— M'sieur Harry Daitch, à l'épicerie là-bas de l'autre côté de la rue, m'a dit comme ça qu'il me donnerait du travail comme livreur si j'avais un vélo, tout de suite, mais à condition que je fasse vite. C'est pour ça que j'attendais ce matin devant votre magasin. Il faut que j'aie ce travail chez Daitch.

— Et c'est Daitch qui va t'avancer de l'argent pour payer ?

Claude avait repris espoir. Après tout, il allait peut-être vendre quelque chose. Ses prix étaient bien arrangés, et pour les frais généraux, mieux valait ne pas en parler. Pour la première fois, il sourit.

— Non, m'sieur Hutto, il n'a pas dit ça. Il m'a dit de me débrouiller si je voulais la place, parce qu'il m'a dit qu'il ne me la donnerait pas si je n'avais pas de vélo. Il a même dit comme ça qu'il en fallait une neuve, à cause des réparations, et puis il faut qu'elle marche, pour que je fasse mes livraisons bien à l'heure. Alors, c'est pour ça que je suis venu, m'sieur Hutto, parce qu'il faut que m'sieur Daitch me donne la place. Il y a longtemps que je ne travaille pas et je me suis levé à cinq heures pour vous en parler dès que vous ouvririez.

Le front de Claude se plissa. « Je ne peux pas te laisser prendre une bécane comme ça. C'est pas des affaires, ça. Va falloir que tu trouves assez d'argent pour payer comptant, pas moyen de faire autrement.

— Mais il me faut le vélo, m'sieur Hutto, parce qu'il faut que je me mette au travail chez m'sieur Daitch. Je suis sans travail depuis le printemps, alors, vous comprenez, c'est urgent. M'sieur Harry m'a dit de me dépêcher et de commencer dès que j'aurais le vélo. Et si je ne me dépêche pas, il va donner ça à un autre. Alors tout de même, non ! Il n'y a personne qui ait besoin de travail autant que moi !

— Chez toi, on pourrait pas t'aider ? » Maintenant que la vente prenait tournure, cela lui faisait mal au cœur de la laisser filer. « Oui, chez toi, il n'y a personne qui pourrait verser l'acompte ?

— Ma sœur ne travaille pas non plus depuis un bout de temps et tante Hazel ne peut plus travailler non plus.

— C'est moche. C'est toujours moche quand il n'y a personne à travailler dans une maison. C'est pas comme ça que tu pourras verser un acompte.

— Mais, il doit y avoir un moyen, insista Ganus. Il faut que je l'aie, cette bécane. Peut-être que je ne trouverai pas d'autre boulot avant la fin de l'année.

— Mon gars, l'embêtant pour toi, c'est que tu n'as pas vécu assez longtemps en ville pour savoir qu'un noir fait rarement ce qu'il veut. Tu penses encore comme les nègres de la campagne. T'apprendras, tu verras, si on t'en laisse le temps.

Tournant le dos à Ganus, il alla sur le seuil de la porte et regarda la rue pendant quelques instants. Il y avait encore au moins deux mois à passer avant l'activité de septembre, et s'il ratait cette vente, il n'aurait peut-être d'autre occasion. Les vingt ou vingt-cinq dollars de bénéfice lui feraient du bien pour durer pendant les semaines à venir, et puis il fallait à sa voiture des accus neufs, s'il voulait aller à la pêche. En se retournant, il vit Ganus caresser doucement l'émail brillant du cadre. Cette fois, il ne lui fit pas d'observation.

— Si t'as un bon boulot, je pourrais peut-être t'aider, après tout. Oh ! je ne risque pas le coup avec tout le monde, mais tu m'as l'air sérieux. Tu ne joues pas aux dés, tu ne bois pas ou tu ne cours pas les filles, hein ?

— Oh ! non, m'sieur Hutto !

Claude le regarda longtemps avant de se décider à continuer.

— Bon, alors, va chez le docteur Lamar English, au-dessus du bureau de poste, et dis-lui que tu viens de ma part. Il va peut-être pouvoir faire quelque chose pour toi. Dis seulement au docteur English que tu viens de ma part, tu verras bien ce qu'il te dira.

Ganus le regarda d'un air perplexe. « Mais, m'sieur Hutto, pourquoi que vous voulez que j'aille voir le docteur English ? J' suis pas malade, mais pas malade du tout, m'sieur Hutto. Je suis seulement venu acheter un vélo...

— T'en fais pas, et fais comme je te dis, si tu tiens à l'avoir.

— Faut être vacciné pour avoir un vélo ?

Claude eut un rire muet. « Mais non, c'est pas ça, mais je crois que le docteur English peut faire quelque chose pour toi. On m'a dit qu'il en a aidé d'autres ces temps-ci. Alors fais ce que je te dis.

— Mais je ne veux pas aller voir un docteur, m'sieur Hutto. J'ai pas de temps à perdre, m'sieur Harry Daitch a dit...

— Tu ferais mieux de ne pas discuter et d'aller là où je t'ai dit.

— Bien, m'sieur, j'y vais.

Ganus sortit de la boutique avec un dernier regard pour le rouge violent de la bicyclette. Lentement, il remonta Peachtree Street en direction du bureau de poste, tout en surveillant le magasin de Harry Daitch, et en espérant qu'entre-temps la place n'avait pas été donnée à quelqu'un d'autre.

Il était bientôt neuf heures et demie. Alors, si Daitch ne l'avait pas attendu ? Au pignon du bureau de poste, il trouva l'escalier qui menait au bureau du docteur English, au second. Il ne savait toujours pas pourquoi il venait le voir, mais, s'il fallait se faire examiner ou autre chose pour avoir une bicyclette, il était prêt à se laisser faire. En arrivant en haut, il se demanda si cela servirait à quelque chose de se plaindre d'un mal quelconque, mais il n'eut pas le temps de trouver de symptômes convaincants. Il y avait cinq ou six nègres assis dans la petite salle d'attente et deux femmes blanches dans une autre salle. Dans le vestibule entre les deux pièces une infirmière était assise à un bureau. Elle leva les yeux quand Ganus entra, fermant la porte derrière lui.

— Vous avez un rendez-vous avec le docteur English ?

— Non, Madame...

— Il y a beaucoup de gens qui attendent le docteur, dit-elle d'une voix neutre, il y en a qui sont bien malades, et qui ont fait dix ou quinze milles pour le voir. Alors, je ne crois pas qu'il ait le temps de vous recevoir.

— Bien, madame, dit-il en se dirigeant vers la porte. Il l'avait presque atteinte, quand l'infirmière le rappela.

— Mais qu'avez-vous, êtes-vous malade ?

Ganus n'avait toujours pas trouvé de symptômes convaincants. « Rien, répondit-il d'un ton vague. Je ne me connais pas de maladie, je me sens bien, vraiment très bien ce matin.

— Alors, qu'est-ce que tu viens faire ici ?

— Mais je ne sais pas, madame. Je suis allé voir m'sieur Hutto pour acheter un vélo, et il m'a dit de venir ici voir le docteur English, il veut peut-être que je me fasse examiner ou autre chose comme ça. J'ai bien dit à m'sieur Hutto que je n'étais pas malade, mais il m'a dit que ça n'avait pas d'importance. Je ne voulais pas venir, mais enfin, puisque m'sieur Hutto l'a dit.

— Oh ! c'est monsieur Hutto qui t'envoie, dit-elle en posant son porte-plume. Ce n'est pas pareil alors, pourquoi ne le disais-tu pas pour commencer ? Attends. » Elle se leva.

Quelques minutes après elle revint et fit signe à Ganus de la suivre. En entrant dans le bureau, il vit le docteur English assis à son bureau, le dos tourné à la porte. Ganus attendit, mal à l'aise, tandis que le docteur parlait à voix basse au téléphone.

Il avait cinquante-huit ans, l'allure sympathique, une voix douce, des cheveux blancs et une courte moustache grise. Cela faisait trente ans qu'il exerçait la médecine à Estherville. Lors de la création de la ville, il avait été un des premiers médecins à s'établir, et malgré la présence de cinq ou six autres docteurs, il avait, avec le docteur Plowden, autant de clients que tous les autres réunis. Tous ses enfants étaient maintenant mariés et partis, et sa femme, qui n'avait jamais aimé vivre dans une petite ville, avait demandé le divorce alors qu'il avait atteint la cinquantaine. Il vivait seul avec deux domestiques de couleur, dans une grande maison blanche de style colonial de Cedar Street, et il élevait des pigeons. Au contraire du docteur Plowden, il avait acheté pas mal de propriétés, surtout de bonnes terres, et on le considérait comme un des hommes les plus riches de la région. Ceux qui n'aimaient pas Lamar English racontaient qu'il s'était enrichi en prélevant des hypothèques sur des clients qui ne pouvaient pas payer, tandis que ses amis soutenaient qu'il avait accepté ces hypothèques contre son gré plutôt que de laisser ses malades s'endetter ailleurs pour payer leur note. En tout cas les hypothèques étaient maintenant forcloses et il possédait la majeure partie des bonnes terres de Tallulah County, plus des immeubles de rapport en ville. Au moment où les taxes immobilières menacèrent de devenir trop lourdes, il avait tout vendu et avec tout cet argent liquide, il s'était mis à prêter à des gens qui ne trouvaient pas de crédit auprès des banques. Son système était particulier : il ne prenait pas d'intérêt : au lieu de cela, il achetait lui-même l'objet en question, et le revendait le double par échéances hebdomadaires. De plus il conservait une espèce d'hypothèque sur l'objet jusqu'à l'échéance finale.

Quand il eut fini de parler au téléphone, il fit pivoter son siège.

— Comment t'appelles-tu ? demanda-t-il en regardant Ganus par-dessus ses lunettes.

— Ganus Bazemore.

Le docteur English prit un bloc-notes et commença à griffonner avec son stylo.

— Quel âge as-tu ?

— Dix-huit ans, mais, docteur English, je ne suis pas malade. Je ne veux pas prendre de remèdes. J'ai pas besoin d'être vacciné. Je suis venu parce que m'sieur Hutto...

— Je sais, je sais. On va tout arranger en une minute, mais j'ai quelques questions à te poser.

Il alluma une cigarette : ses mains tremblaient un peu.

— Où habites-tu, Ganus ?

— J'habite chez tante Hazel.

— Oui, mais son nom de famille ?

— Tante Hazel Teazley.

— Et son adresse ?

— On habite tous dans l'impasse Gwinett.

— Quelle maison ?

— Mais, docteur English, je ne veux pas de remèdes, j'en ai pas besoin. Je suis pas malade du tout. Je ne suis venu que pour...

— Quelle maison ? répéta sévèrement le docteur English.

— La quatrième à droite, celle qui a les deux magnolias dans la cour.

— Est-ce qu'elle travaille ? Et où ça ?

— Qui ? tante Hazel ? Elle ne peut plus travailler, elle est au lit tout le temps. C'est pour ça qu'on est venus ma sœur et moi, pour nous occuper d'elle.

— Et il y en a chez vous qui travaillent maintenant ?

— Non, M'sieur. Ça fait un bout de temps que Kathyanne n'a plus de travail régulier. Elle n'a pas retrouvé de place depuis qu'elle a quitté Madame Pugh. Alors elle fait des journées quand elle en trouve.

— Eh bien, dit le docteur English avec un sourire plein de majesté, je suis content de t'entendre dire que tu vas travailler. Vois-tu, Ganus, dans toutes les familles, il faut au moins une personne qui travaille. Tu ne crois pas ?

— Si, M'sieur. Et même que monsieur Harry Daitch il a dit qu'il me donnerait du travail si...

— Oui, je sais, Ganus, je viens de parler à Claude Hutto au téléphone. Il se renversa sur le dossier de sa chaise. Combien crois-tu qu'il te faudrait ?

— Pour la bicyclette ? Eh bien, m'sieur Hutto a dit qu'elle coûtait quarante-neuf dollars cinquante.

— Oui, mais il a réfléchi. Il pense qu'il te faut aussi des accessoires, un phare électrique, une pompe, une sacoche à outils et d'autres petites choses. Moi, je crois qu'il a raison. D'ailleurs il est déjà en train de se donner le mal de les monter, alors, tu comprends, si tu n'en veux pas, ce n'est pas la peine de retourner le voir. Bien sûr, il y a un autre marchand de vélos... Non, crois-moi, Ganus, il te faut le vélo avec les accessoires.

Ganus ne dit rien pendant quelques instants, il hochait la tête d'un air pensif. « Mais est-ce que ça va coûter beaucoup plus, docteur English ?

— Bien sûr, mais cela ne fera guère que vingt ou vingt-cinq dollars de supplément ? Alors, combien peux-tu payer par semaine ? Cinq dollars ?

— Cinq dollars par semaine ? Je crois bien que j'y arriverai si j'ai la place de livreur chez monsieur Harry Daitch. Mais ça fait quand même beaucoup d'argent. Peut-être qu'il ne va pas me payer plus de cinq dollars, il n'a pas dit ce qu'il me donnerait, mais certainement qu'il ne me restera pas grand'chose...

Le docteur English décrocha le téléphone et appela Harry Daitch. Il fit pivoter son siège, et parla un bon moment à voix basse, puis il raccrocha.

— Eh bien ! mon garçon, je crois que je vais pouvoir faire quelque chose pour toi. Tu m'as l'air d'être de ces gens avec lesquels j'aime faire des affaires. On me dit que tu n'as jamais eu d'ennuis, je ne crois pas que tu joues aux dés, ou que tu boives, ou que tu courres les filles. Oui, Ganus, je vais t'aider.

— M'aider, comment, docteur English ?

— Grâce à moi, tu vas l'avoir, ta bécane. Blanc ou noir, tout garçon de ton âge devrait avoir une bicyclette. » Il s'était levé et, tout en parlant, il regardait par la fenêtre. « Tu vois, Ganus, en ce moment, je m'occupe beaucoup de cela, j'aide les gens à acheter ce dont ils ont envie, et même je crois que cela m'intéresse davantage que de leur donner des remèdes. Cela leur est souvent plus utile. Il y a toujours des gens qui ont envie de quelque chose, et, même si cela ne leur est pas absolument indispensable, ils sont très malheureux de ne pouvoir l'acheter. Je crois que c'est la nature humaine qui veut ça, et, pour les soigner, il faut surtout de l'argent et pas des remèdes. Alors, qu'est-ce que je ferais de mon argent, un vieux bonhomme tout seul comme moi ? Tu crois que j'ai plaisir à le dépenser ? Non, il est trop tard, je suis passé à côté des bonnes choses de ce monde, alors je fais aussi bien d'en gagner un peu plus... » Puis, l'index tendu vers Ganus. « En tout cas, n'oublie pas de m'apporter cinq dollars tous les samedis, compris ? »

Ganus avala nerveusement sa salive. « Oui, docteur English. » Le docteur sortit d'un tiroir une formule imprimée, fit une croix sur la dernière ligne, et la tendit à Ganus.

— Signe ici, Ganus. J'irai demander une signature à ta tante Hazel. La tienne ne vaut pas grand'chose, tu comprends, tu n'es pas majeur.

Ganus signa et rendit le document.

— Alors c'est compris, cinq dollars tous les samedis, n'oublie pas.

Ganus gardait les yeux fixés sur le papier qu'il venait de signer. « Oui, tous les samedis, à partir de samedi prochain, oui, mais... pendant combien de temps ?

Le docteur English regarda par-dessus ses lunettes.

— Pendant combien de temps ? Attends, on va voir. » Il fit quelques calculs sur son bloc-notes. « A peu près six mois, à moins que tu ne prennes du retard. Dans ce cas-là, ça ajouterait un peu au total. En tout cas, tu ne me paieras pas d'intérêts, tu me dois seulement la bicyclette. Bien sûr si par hasard tu ne venais pas payer, il faudrait que je la reprenne, et alors tu perdrais tout ce que tu aurais versé, et il faudrait que tu recommences à payer depuis le début pour la reprendre. Ça ferait un an ou plus. Alors, tu comprends, vaut mieux payer à l'heure.

— Si ça doit être si long que ça, j'aimerais mieux ne pas prendre les phares et les autres accessoires, pour avoir fini plus vite.

— Ah non, Ganus. Suppose que tu ailles faire une livraison de nuit et que tu tamponnes quelque chose, je ne tiens pas à ce que tu me démolisses ma bécane. Alors vas-y, et prends le phare et les accessoires que Claude Hutto te dira.

— Mais j'ai déjà des clés, j'ai pas besoin d'acheter la sacoche à outils.

— Ganus, monsieur Hutto ne serait pas content de te vendre une bicyclette sans les outils qui vont avec. N'oublie pas qu'il faut resserrer les rayons de temps en temps : comment veux-tu faire si tu n'as pas une bonne clé à rayons ?

— Mais, docteur English, je ne voudrais pas que ça monte trop, parce que quand même, six mois à payer, c'est long, à cinq dollars par semaine. Ça fait toute une moitié d'année.

— Tu verras, ça passera vite avec ton vélo neuf, Ganus. Allons, file chez Claude Hutto et laisse-le t'arranger ça à ton idée. Et, surtout, prends-en bien soin, ne le laisse pas dehors sous la pluie, rentre-le tous les soirs. Tu comprends, il est à moi tant que tu n'auras pas fini de payer. Tu vois ça d'ici, si j'étais obligé de te faire un procès !

Ganus aurait voulu discuter encore, la dette et les six mois le tracassaient. Mais il était déjà dix heures passées et Daitch ne l'attendrait pas jusqu'à demain. A reculons, il sortit du bureau et traversa rapidement le vestibule. L'infirmière leva les yeux, mais Ganus n'avait pas le temps. En revoyant les gens qui attendaient, il se demanda s'ils étaient malades pour de bon ou bien s'ils attendaient le docteur pour acheter une auto, des meubles ou un couple de mulets. Il avait presque passé la porte, quand l'infirmière l'appela.

— Vous pourrez me faire les versements, à moi. Je suis ici le samedi toute la journée. Il y aura d'autres personnes, aussi vous voudrez bien attendre votre tour. Je vous remercie. »

Il descendit l'escalier en courant. De l'autre côté de Peachtree Street, il vit des gens qui entraient et sortaient sans arrêt du magasin de Daitch, mais il n'y avait pas de bicyclette appuyée contre la bordure du trottoir. Rien n'était perdu.

Claude Hutto l'attendait sur le pas de la porte. La bicyclette rouge et grise avait été enlevée de son support, et le phare, la pompe et la sacoche étaient déjà montés.

— Eh bien, je suis content que tu te sois arrangé avec le docteur English, dit Claude d'un ton joyeux. Il vient juste de me téléphoner que tu pouvais prendre la bécane. Je suis bien content, tu sais, que tu prennes une si chic machine, mais vraiment content. Moi, j'aime bien vendre aux gens de couleur. Je ne suis pas un de ces commerçants qui roulent les nègres par principe. Je suis d'avis que tout le monde, blanc ou noir, fait une bonne affaire en venant ici. Et ça irait mieux, si tout le monde faisait comme moi. Maintenant, si tu as des copains qui pensent à acheter un vélo, dis-leur de venir me voir, je serai trop content de les arranger, s'ils ont du boulot, bien sûr.

Ganus faisait le tour de la bicyclette et l'examinait.

— Oh ! m'sieur Hutto, s'il y avait moyen, je voudrais bien qu'il n'y ait pas tout ça, dit-il en montrant la béquille chromée, le couvre-selle en peau de mouton, et tous les accessoires que Claude avait montés pendant qu'il était chez le docteur English. Ça coûte cher, et je ne peux pas payer tout ça.

— Penses-tu ! Ça ne te paraîtra pas. Et puis, Ganus, tu ne crois pas que tu seras fier de rouler en ville sur un vélo avec un couvre-selle en mouton et une trousse à outils aussi chouette ! Sans parler des autres trucs qui habillent vraiment un vélo. Tiens, il y a autre chose d'indispensable. » Il prit un panier métallique et l'accrocha au guidon. « Un panier en fil de fer galvanisé, soudé électriquement. C'est exactement ce qu'il te faut pour mettre ton épicerie, tu verras, tu en auras besoin. T'inquiète pas pour le prix, je vais l'ajouter à la facture.

Du regard, Claude cherchait encore dans la boutique ce qu'il pourrait lui vendre. Ganus prit la bicyclette et la conduisit dans la rue. Il l'enfourchait quand Claude sortit, tenant une large ceinture avec des réflecteurs de verre enchassés.

— Attends, Ganus ! » cria Claude, brandissant la ceinture à bout de bras.

Sans l'attendre, Ganus démarra à toutes pédales. En arrivant à la boutique de Daitch, il vit Claude au bord du trottoir qui tenait la ceinture au-dessus de sa tête et l'agitait, en un dernier effort pour le persuader de venir la prendre.

## VI

Les cinq garçons écoutèrent les pas sur le trottoir à mi-chemin du pâté de maisons. Ils attendaient depuis une heure et ils étaient passablement énervés. Ils étaient serrés les uns contre les autres dans le renfoncement de la porte de Benoit. Ils avaient tous entre quinze et dix-huit ans, et, comme la plupart des garçons de la ville cet été-là, ils portaient des chemisettes de plusieurs couleurs, des mocassins et des pantalons de coton marron. Il était neuf heures passées, et cette nuit de fin juillet était chaude et humide. Plus tôt dans la soirée, il était tombé une grosse pluie d'orage, mais cela n'avait en rien rafraîchi l'atmosphère. Des flaques d'eau luisaient dans le noir sur les trottoirs. La plupart des boutiques de Peachtree Street étaient fermées et noires ; seules, quelques-unes, comme celle de Benoit, restaient faiblement éclairées toute la nuit. Deux rues plus loin, devant le *Pastime Theatre*, une salle de billard, deux drugstores et le *Café des Vingt-Quatre Heures* répandaient jusqu'à minuit une lumière d'un rouge violent dans le haut de Peachtree Street...

— La voilà ! dit Tommy Blackburn en un murmure excité. C'était lui le plus âgé de la bande, et d'ordinaire, il prenait le commandement de leurs opérations.

Contrairement à la plupart des autres garçons de la ville, ils passaient leur temps à la rivière ou au cinéma, et jusqu'ici, on n'avait rien eu à leur reprocher. « Planquez-vous ! » chuchota Tommy.

Grand, blond, avec des cheveux ondulés, il étudiait l'histoire au collège et était très fier de faire partie de l'équipe oratoire depuis deux ans. Il voulait être magistrat comme son père, juge itinérant du comté. Il avait l'intention de faire son droit à l'Université. Depuis douze ans son grand-père était sénateur. Les Blackburn étaient apparentés aux Singfield et vivaient non loin de là dans Greenbriar Street. Leur maison de brique à trois étages avait la particularité de posséder le seul toit d'ardoise de toute la ville. La sœur aînée de Tommy avait épousé Horace Ledbetter, l'avoué du Comté. Sa jeune sœur, Mildred, était sortie du collège au printemps et devait entrer en octobre à l'Université. Leur mère était morte.

— Qu'est-ce qu'elle marche vite ! » dit Todd Dudley, un des aînés. Il avait un peu peur. « Peut-être qu'elle se doute qu'on l'attend et qu'elle va se mettre à courir. Faut qu'on l'attrape avant, Tommy !

— T'affole pas parce qu'elle arrive, Todd ! Y'a le temps, reste tranquille. Je ne veux pas qu'il y en ait un à bouger avant qu'elle soit juste devant nous. Alors on lui saute dessus avant qu'elle ait le temps de se cavaler. Alors fais gaffe, Jake, dit-il en envoyant un coup de coude dans l'estomac de Jake Chester. Ne t'en va pas sortir pour lui faire peur avec la sale bouille que t'as. C'est du coup qu'elle se sauverait. Faut pas qu'on rate notre coup. C'est un beau morceau. Tout l'été, j'ai eu envie de mettre ça à une belle fille. Alors, je mets sur la gueule au premier qui foire.

— Mais, qu'est-ce qu'on fait si elle gueule,

Tommy ? » demanda Jimmy Pugh, avec un tremblement dans la voix. Il tirait Tommy par la manche. « Moi, je ne tiens pas à me faire pincer par Will Hanford ou un autre. J'ai jamais été pris, même pas à chiper des pastèques dans le champ près de chez nous.

— La ferme, Jimmy. Elle n'aura pas le temps de gueuler si vous faites comme je vous ai dit. On va l'emmener dans l'impasse comme on a décidé. Moi, je lui tiendrai la main sur la bouche pendant ce temps-là. Une fois qu'on l'aura amenée dans l'impasse elle n'essaiera même pas de crier. Elle se tiendra tranquille. Todd, toi et Jake, faites attention à pas lui faire de mal... Il n'y a pas besoin de cogner dessus, ce n'est pas une tigresse. Il n'y a pas besoin de taper sur une fille pour lui faire faire ce que vous voulez. C'est la persuasion qui compte.

— Oui, mais si elle donne des coups de pied, et qu'elle se débat en pleine rue, et s'il arrive quelqu'un, qu'est-ce qu'on fait alors, Tommy ? Moi, je ne tiens pas à ce que mes vieux apprennent ça.

— Oh ! tu nous embêtes, Jimmy. » Tommy le regarda de toute sa hauteur. « Tu n'y connais rien en filles, et tu ne veux pas m'écouter. Comment veux-tu qu'une fille se débatte si vous faites comme je vous ai dit. Vous croyez peut-être qu'une fille c'est un chat sauvage ? Alors, cesse de faire dans ta culotte. Tu trembles comme un gosse, la première fois qu'il attend le Père Noël. Faut que tout le monde aide ou alors on est fichus ! L'occasion ne se représentera peut-être pas avant un mois. Maintenant, si tu veux rentrer chez toi, t'es libre. Autrement, aide comme tout le monde !

— Je vais aider, Tommy, promis ; m'oblige pas à m'en aller, je veux rester voir.

— Alors fous-nous la paix. La voilà !

Kathyanne n'était qu'à quelques pas de la porte du drugstore. Elle portait une légère robe d'été et des souliers blancs à talons. Elle avait passé la journée à travailler chez la mère de Jake Chester. C'était lui qui avait signalé à Tommy et aux autres qu'elle rentrerait vers neuf heures. Madame Chester avait donné un bridge aux membres de son club, et elle avait demandé à Kathyanne de l'aider à préparer le buffet. Les cinq garçons étaient sortis après souper, pour aller ensemble au ciné, mais quand Jake leur avait signalé le coup, ils avaient décidé d'attendre la fille devant le drugstore de Benoit.

Quand elle arriva à hauteur de la porte, Tommy fit signe aux autres et ils se précipitèrent sur elle. Todd et Jake Chester lui prirent les bras et les immobilisèrent derrière son dos, tandis que Tommy lui serrait le cou dans le creux de son bras et lui mettait une main sur la bouche. Exécutant les instructions de Tommy, Jimmy et Lance se mirent à pousser par-derrière. Les cinq garçons la poussèrent, puis la portèrent jusqu'au coin de la petite rue, puis dans l'impasse. Personne ne passa devant le drugstore. La lueur rougeâtre des enseignes dans l'autre pâté de maisons éclairait l'impasse autant que le bas de Peachtree Street, aussi se dépêchèrent-ils de la porter jusqu'à la remise derrière le drugstore. Cette remise en tôle ondulée servait de réserve aux tonneaux et de caisses vides et de plus, elle n'était jamais fermée à clef. Enervés et hors d'haleine, ils la déposèrent doucement à terre. Elle ne dit rien quand Tommy ôta sa main de sur sa bouche. Elle avait peur, mais n'essaya pas de se sauver.

— Qu'est-ce que je vous avais dit ? » Tommy triomphait et les regarda les uns après les autres dans la pénombre. « Je savais bien que ce serait du tout cuit si vous faisiez comme je vous disais. C'est comme le reste, il y a la manière. C'est toujours les mêmes ballots qui font tout louper.

— Assez de discours, Tommy, dit Todd avec impatience, en écartant Lance et Jake pour s'approcher de Kathyanne. « Moi, je ne suis pas venu ici pour écouter Blackburn faire un discours.

Seul Jimmy ne poussait pas. Il restait derrière Lance et Jake et, les yeux grands ouverts, regardait Kathyanne étendue sur le sol. Todd essaya d'écarter Jimmy.

— C'est pas parce que tu crois savoir y faire avec les filles que tu vas arranger ça à ton idée. T'es pas tout seul.

— Du calme, Todd, t'entends ? » Les poings de Tommy devinrent menaçants. « T'as la gueule trop grande pour ton âge. Je sais ce que je fais.

— Parce que tu es le plus grand, tu veux toujours arranger les choses à ton idée. J'ai autant que toi le droit d'être ici et je n'ai pas d'ordres à recevoir de toi !

Tommy l'écarta d'une bourrade. Todd se mit à grogner avec colère.

— Ne fais pas attention à lui, Kathyanne, dit Tommy, je vais la lui boucler.

Jake le poussa du coude. « Demande-lui si elle va essayer de s'échapper pour nous dénoncer.

Elle leva les yeux et sembla revenir à la réalité.

— Pourquoi m'avez-vous amenée ici ? dit-elle en s'adressant d'abord à Tommy puis aux autres. C'est pas bien pour des jeunes blancs de se conduire comme ça. Faut me laisser partir maintenant.

— La laisse pas partir, Tommy. — La voix de Jake était pleine d'inquiétude —, te laisse pas faire, oublie pas ce qu'on a dit.

— Le seul moyen qu'elle aurait de sortir d'ici, ça serait de s'envoler, et moi je ne lui vois pas d'ailes. Je peux la faire rester si vous êtes trop nouilles. J'ai pas peur, moi !

— Vas-y, Tommy, fais-lui promettre de rester.

Tommy se mit à genoux à côté de Kathyanne. « Tu sais ce que c'est Kathyanne, s' pas. On n'avait pas envie de te faire peur. Non, on s'est simplement mis à parler de toi ce soir, et on voulait que tu viennes ici. On voulait te causer. On ne te fera pas de mal. » Il se retourna et fixa Jake Chester qui regardait, penché en avant par-dessus son épaule. « Le premier qui ne se tient pas correctement, je le mets dehors. T'as compris, Todd ?

— Si on l'écoute, ça va être un pique-nique d'école du dimanche ! éclata Todd.

— T'as pas besoin de me regarder comme ça, dit Jake. Je t'ai pas attendu pour savoir ce que je dois faire, et puis en tout cas, qui est-ce qui a donné le tuyau ce soir ? C'est moi, pas vrai ? Sans moi, vous seriez tous bien sagement au ciné. Alors, tout de même, ça me donne le droit de dire mon mot, hein. Je n'ai pas d'ordres à recevoir de toi, ni de personne, Tommy Blackburn !

— Que me voulez-vous ? demanda Kathyanne en reculant vers le mur.

— Comme d'habitude, dit Todd sans hésiter.

— C'est ça ! dit Tommy avec colère. Fais-lui peur ! mais continue !

— Alors, bon dieu ! qu'est-ce qu'on attend ?

Kathyanne les regardait. A son expression, ils savaient qu'elle les reconnaissait tous. Jimmy essaya de se dissimuler derrière Lance.

— Elle va nous dénoncer, Lance. Je la connais, elle

quinze ans. Lance Clotworthy a quinze ans,
nais c'est pas lui qui irait faire le bébé comme

ne fait rien, Jimmy est trop petit quand

n'essayait plus de cacher ses larmes.
vous plaît, Kathyanne, ne dites rien chez
s'est toujours bien entendus, et quand vous
chez nous, j'ai toujours été gentil avec vous,
Maman était mauvaise, mais pas moi. Vous
ien, Kathyanne ?
ellement, elle lui donnait de petites tapes sur
nais ne répondait pas.
t Tommy et Jake qui m'ont fait venir ici.
voulais pas mais ils ont dit que je pourrais les
er si je ne venais pas. C'est eux qui m'ont

l'empoigna par le bras et l'écarta brutale-

Dieu, je ne savais pas que tu étais une
oule mouillée. C'est la dernière fois que je
, je te jure.
eux rentrer chez moi !
ırais bien dû rester chez toi à sucer un sucre

on brutal d'une lampe électrique jaillit sou-
sonne ne bougea. La clarté éblouissante fit
le tour du hangar, révélant un instant
on terrifiée de chacun des garçons. Finale-
le vint illuminer la nudité luisante de
e.
'un chuchota : « Qu'est-ce qu'on va prendre
ıt ! J'aurais mieux fait d'aller au ciné. »
e eux retentit une voix forte qu'ils connnais-

m'a regardé en face et j'ai bien vu. Moi, je ne tiens pas à ce qu'ils sachent ça chez moi. Ils ne me laisseraient plus aller au ciné. Je rentre, j'ai les foies.

Tommy l'attrapa par le bras et le secoua.

— Alors, quoi, Jimmy, t'es pas fou ? Elle ne va pas te dénoncer parce qu'une fille de couleur ne peut pas dénoncer un blanc. Il n'y a que les blanches qui font des trucs comme ça. Tu sauras ça par toi-même un de ces jours. Maintenant, si tu essaies de te cavaler, c'est moi qui irai tout raconter à tes parents. J'irai leur dire que c'est toi qui nous as entraînés ici au lieu d'aller au ciné comme on voulait. Qu'est-ce que t'en dis ? Alors tu ferais mieux de rester ici.

Tommy écarta Jimmy et se retourna vers Kathyanne. Les autres approchèrent.

— Qu'est-ce que les blancs veulent tout le temps ? dit Todd.

Elle ne répondit pas.

— Des clous que t'en sais rien. Fous-toi à poil !

— Ta gueule, Todd. T'arranges rien.

Todd se mit à rire. « Pourquoi que tu ne fais pas un discours, Tommy ? Un postillonneur comme toi, tu ne devrais pas avoir de mal à arriver à tes fins. Vas-y, fais-lui un sermon, tu verras bien. Il eut un rire de mépris. Bon dieu, si elle veut pas se foutre à poil, moi je lui arrache ses frusques ! Vous pensez bien que la fille, elle ne tient pas à ce qu'elles soient déchirées. Alors à quoi ça sert de perdre du temps en discours. Si tu as peur, tire-toi de là et laisse-moi te montrer. Moi, je ne suis pas venu ici pour entendre un gars comme Blackburn faire un discours. Va chercher le shérif si t'en as envie.

Il écarta Tommy.

— Toi, j'aime mieux te dire que je vais tout t'arracher si tu ne l'enlèves pas toi-même. Alors, grouille-toi ! Tire-toi de là, Tommy Blackburn, je sais ce que je fais ! » Il se baissa et saisit la robe blanche à deux mains. « Grouille, ou je l'arrache !

Kathyanne hésita un instant, puis on vit son corps doré dans la pénombre. Todd fut le premier à parler.

— Hein, je vous l'avais bien dit ! A quoi bon discuter la moitié de la nuit ?

Jimmy cherchait à atteindre la porte. Tommy le vit juste à temps et le rattrapa.

— Pourquoi que t'essaies de te cavaler comme ça, Jimmy ? T'as jamais vu une fille à poil ?

— Je ne sais pas. » Jimmy tremblait, et Tommy le secoua. « Je te jure, je ne sais pas, vrai, je ne sais pas !

— Alors pourquoi essaies-tu de te cavaler ?

— J'ai peur de regarder.

— T'as vu ta sœur à poil, pas vrai ?

— Oui, mais c'est pas la même chose.

— Penses-tu, elles sont toutes pareilles. Arrive ! D'une bourrade, Tommy renvoya Jimmy à l'intérieur.

— M'oblige pas à regarder, je ne veux pas ! » Tommy lui tordit le bras pour l'empêcher de s'enfuir. « Fais pas mal ! Laisse-moi m'en aller, je ne veux pas regarder, j'ai peur ! Si tu me laisses partir, je te promets que je ne dirai rien.

— Tu ne crois quand même pas que je vais risquer ça, dit Tommy, en l'entraînant de force au milieu des autres. T'entends ! Tu restes ici !

— Avant, fais-lui promettre, fais-lui jurer qu'elle ne va pas me dénoncer. Je ne veux pas que mes parents sachent. Mon père me taperait dessus, s'il apprenait ça. Je sais bien, il m'a assez dit de ne pas toucher aux filles de couleur. J'ai promis, alors...

— Ta gueule, Jimmy Pugh ! dit Lance. Je te croyais trop grand pour chialer comme ça. D'abord, personne



ne saura rien si tu la fer
boucan, il n'y aurait rien d
sache.

Todd se vanta : « Moi,
hurlerait parce qu'on ne lu

— Je sais bien que le
couleur, dit Jake, et rien q
l'ai vu faire. Une fois il en a
enfermée dans sa boutique
mère a su ça ! Tu parles s
tomber le plafond, jusqu'à c
lui promette un manteau av
l'a pas retenu longtemps, s
méfie.

Jimmy échappa tout à
Tommy et s'agenouilla
Kathyanne. Elle eut l'air a
« Qu'est-ce qu'il y a, Jimm
larmes qui roulaient le long
que les autres les voient.

— J'ai peur, Kathyanne,
d'elle autant qu'il pouvait.
leur ai dit, mais c'est To
obligé. Il a dit qu'il me dén
venais pas.

— Non mais, regardez-m

— Il a peur dans le noir
un peu !

Kathyanne mit un bras p
les de Jimmy. « Il est trop p
des grands. » Son reproch
Tommy Blackburn. « Il est
les grands, vous devriez a
venir.

— Il
lui aussi,
ça.

— Ça
même.

Jimmy

— S'i
moi. On
travaillie
pas vrai
ne direz

Mater
l'épaule,

— C'e
Moi je n
mouchar
obligé.

Tomm
ment.

— Bo
pareille
t'emmèn

— Je

— T'
d'orge !

Le ra
dain. Pe
lentemen
l'express
ment,
Kathyan

Quelq
mainten
Derri

saient bien. « Eh bien, mes garçons, finie la rigolade. Je vous reconnais tous. Retournez-vous et passez la porte un par un. Et n'essayez pas de me faire sauter ma lampe ou je vous estourbis avec ma crosse de revolver. Allons, en route ! dehors ! et quand vous serez sortis, du large et n'essayez pas de revenir. »

Tommy fut le premier à se retourner. « C'est Will Hanford. Comment a-t-il su qu'on était ici ?

— Ça, c'est mon boulot de savoir tout ce qui se passe ici la nuit, dit Will, riant de leur allure penaude.

— Tout ça, c'est de ta faute, Tommy Blackburn. Tu m'as obligé à venir. Moi, je ne voulais pas. Je veux rentrer chez nous !

— Ta gueule, poule mouillée !

Tout en faisant voyager le rayon de sa lampe, le policeman alla attendre dans le fond du hangar.

— Oui, les gars, c'est moi ! » Will était très satisfait de les avoir découvert par hasard. « Je fais mon boulot, comme d'habitude. Il ne se passe rien à Estherville sans que je le sache. Allez, filez chez vous, et que je ne vous retrouve plus dans la rue ce soir. Je vous ai tous reconnus et si j'ai besoin de vous, je saurai bien où vous retrouver. Mais à mon avis, vous feriez mieux de ne piper mot à personne. Si vous ne voulez pas que vos parents sachent à quoi vous vous amusez, vous feriez mieux de la boucler. Et puis autre chose, la prochaine fois que vous voudrez peloter une de ces café au lait, faites-le en dehors des limites municipales. Allez, en route ! et rentrez droit chez vous. Un par un. Tommy, passe le premier. Grouillez ! »

Les cinq garçons quittèrent le hangar un par un, et une fois dans l'impasse, ils se mirent à courir. On entendit le dernier, Jimmy Pugh, pleurer jusqu'à la rue.

Quand ils furent partis, Will éteignit sa lampe et alla s'asseoir sur une des caisses vides. Kathyanne avait précipitamment remis sa robe.

— Alors, Kathyanne, t'es allée te mettre dans le pétrin, pas vrai ? Une belle fille comme toi devrait faire plus attention. Tu crois que ça t'avance à quelque chose de faire des bêtises avec des gosses de l'école. Mais, ces gamins-là, c'est toujours eux qui ont des histoires. A cet âge-là, on ne sait rien...

— Je n'ai rien fait, monsieur Hanford, ce n'est pas ma faute. Ce sont ces jeunes blancs, ils m'ont obligée à venir dans le hangar. C'est vrai, je vous jure, monsieur Hanford !

Will se mit à rire.

— Je vous jure, monsieur Hanford !

— Tu devrais pourtant savoir que ça ne sert à rien de les accuser. Personne ne voudra te croire. Tu sais bien que ce sont les négresses comme toi qui commencent toujours. Je n'en ai jamais vu qui n'essaient pas d'aguicher les blancs. Allons donc, pas un de ces garçons ne serait venu ici si tu ne les avais pas amenés. Raconte pas de blagues. Je t'ai vue, bon dieu, je t'ai vue à poil devant eux. Alors n'essaie pas de m'en raconter. C'est pas à moi que tu vas essayer d'en apprendre. J'ai entendu raconter toutes les histoires qu'ont pu inventer les négresses pour se tirer de taule.

— Monsieur Hanford, ils m'ont attrapée dans la rue devant le drugstore alors que je rentrais chez moi, et ils m'ont traînée ici. Je ne voulais pas venir ! Je ne les ai même pas vus avant qu'ils me sautent dessus. Je vous jure, monsieur Hanford ! Ils vous le diront si vous leur demandez ! S'il vous plaît, demandez-leur !

— Mais, je ne t'ai pas entendue appeler au secours, et pourtant j'étais dans le quartier.

— Je n'ai pas essayé, j'avais peur qu'ils me fassent mal.

— Sans blague ? Et si, devant le juge, ils témoignaient que tu les as attirés dans l'impasse, tu ne te vois pas jurant sur la Bible que cinq blancs disent un mensonge, hein ? Ça ne serait pas malin de ta part, pas vrai, Kathyanne ?

— Non... mais...

— Alors, cesse de mentir.

— Mais, monsieur Hanford, je ne...

— A ta place, je laisserais tomber. Demain matin devant le juge, ça ne fera que vingt-cinq jours de boîte ou vingt-cinq dollars. Tu les as, les vingt-cinq dollars pour l'amende ?

— Non, monsieur Hanford, répondit-elle terrifiée.

— Je peux m'arranger à trouver quelqu'un qui paie l'amende à ta place, si tout va bien.

— Oh ! non, monsieur Hanford.

Will alluma une cigarette et lui en offrit une.

Elle fit non de la tête. Il était maintenant beaucoup plus près d'elle.

— Ecoute, Kathyanne, peut-être que je pourrais t'aider moi-même. C'est dans mes habitudes, mais cette fois... Ça fait plusieurs fois que je te rencontre en ville, et je me suis toujours dit que j'aimerais bien faire un brin de conversation avec toi. Ben, tu vois, c'est la première occasion que j'ai. Qu'est-ce que t'en dis ?

— Que je dis de quoi, monsieur Hanford ?

— Eh bien, je ne demanderais pas mieux que te tirer de là, si tu voulais m'écouter. Je n'ai pas besoin de te charger si je veux. Tu comprends, personne n'est au courant, il n'y a que les gosses, mais je leur ai fait si peur qu'ils ne l'ouvriront pas. Tu comprends maintenant ce que je veux dire, Kathyanne ? Qu'est-ce que tu en dis ? Peut-être que je pourrais avoir un trou de mémoire et te laisser rentrer chez toi tranquillement.

Elle ne disait rien. Il attendit.

— Bon, Kathyanne. Si tu veux être gentille avec moi, je serai gentil avec toi. Seulement, faudra rien dire. J'ai mon boulot tu comprends et ça c'est important. Alors, toi et moi ?... Bien sûr, il y a des tas d'endroits en dehors de la ville où je peux me payer un extra quand j'en ai envie, mais des bien roulées comme toi, je n'en connais pas beaucoup. Ça, on peut dire, que de bas en haut tu es drôlement balancée ! Mais pourquoi que t'es née café au lait ? Mais je m'en fous. J'ai toujours préféré les mulâtres, mais à toi je te donnerai tout ce que tu voudras, Kathyanne. Alors qu'est-ce que tu en dis. Toi et moi, rien que nous deux... Les gosses la boucleront. Ils ont les jetons.

Il lui donna sur la jambe un petit coup de genou.

— Tu ne tiens pas à aller en prison, Kathyanne ? Si tu es gentille avec moi, rien ne m'oblige à te mettre au bloc. Alors t'es gentille et on ne dit rien pour la prison ? Une fille bien balancée comme toi derrière les barreaux, tu te rends compte ? Je sais bien que tu n'as pas envie d'aller devant le juge demain matin, hein ? Alors, t'es gentille ?

Kathyanne se leva et fit non de la tête. Les traits de Will se durcirent de colère.

— Alors c'est non, tu ne veux pas de moi ? T'es trop idiote pour te rendre compte de ce qui peut te servir.

— Idiote, et trop bien pour vous !

Will bondit, renversant la caisse. « Je vais t'apprendre. Il leva le poing et la frappa.

Elle tomba. Avant qu'elle ait eu le temps de bouger, il lui allongea un coup de talon puis lui braqua en pleine figure la clarté aveuglante de sa lampe électrique.

— Jamais une négresse ne m'a dit non. Si j'avais su, j'aurai laissé les garçons t'esquinter comme ils en avaient envie. A cinq, ils t'auraient arrangée, je ne te dis que ça ! Ces bon dieu de négresses n'ont jamais su apprécier ce qu'un blanc peut faire pour elles. Mais que s'amène un nègre mirobolant et elles en pètent leurs boutons. Arrive un blanc qui leur veut du bien, et les voilà sages comme des pucelles. Pas moyen de leur apprendre quoi que ce soit. C'est pour ça que je n'ai jamais pu les voir en peinture, y'a pas moyen de rien leur apprendre.

— Un de ces jours on vous descendra, monsieur Hanford, et je serai bien contente, et il n'y aura pas que moi, je vous le dis !

Lui broyant le bras, il la remit debout.

— En taule, négresse ! Peut-être que la prochaine fois qu'on te donnera une occasion d'être réglo avec un blanc, peut-être que t'écouteras. Demain devant le juge, on va te saler, j'aime mieux te le dire, et grâce à moi, à moins qu'un blanc ne s'amène et passe un marché avec moi. Ah ! tu crois qu'on peut me dire non et s'en tirer comme ça ? Tu le regretteras ! En route !

Il la poussa vers la porte et, sans forces, trébuchante, elle se laissa faire. Will lui envoya un grand coup de poing sur l'épaule et sortit son revolver. Avec les nègres, on ne sait jamais...

# VII

Ganus sommeillait, étendu de tout son long sur le banc de bois devant la boutique. Harry Daitch sortit le secouer. C'était un lourd après-midi d'août. D'ordinaire, il n'y avait pas de livraisons à faire à cette heure. La plupart des ménagères faisaient leurs courses de bonne heure le matin, surtout pendant la saison chaude. Et, comme les livraisons étaient généralement finies vers midi, Ganus trouvait toujours le temps de faire une petite sieste entre une et cinq heures. De cinq à six, se plaçait l'heure la plus active de la journée pour le magasin de Daitch, non pas que cela fît beaucoup de dollars, ou même beaucoup de marchandise. C'était en fait plutôt maigre. Seulement c'était l'heure où on se rappelait soudain avoir oublié, dans l'agitation de la matinée, un tas de petites choses. Alors on envoyait un coup de téléphone à Harry, pour lui demander d'envoyer Ganus de toute urgence avec un pain ou une bouteille de sauce tomate, et avant le dîner, s'il vous plaît, monsieur Daitch. Et comme la majorité des familles d'Estherville dînaient entre six heures et six heures et demie, Harry faisait de son mieux, et promettait à tout le monde que le pain ou la bouteille de sauce tomate seraient sur la table à l'heure dite.

Alors, il était courant de voir Ganus filer par les rues à tombeau ouvert, avec une bouteille de tomate qui faisait des bons désordonnés dans le panier de fil de fer. Il essayait d'arriver chez les Hunnicut ou les Barksdale à temps pour que soit assaisonné le foie de veau ou les saucisses. Et puis, il y avait des gens qui aimaient étaler de la sauce tomate sur leur pain avant même de commencer à manger. Et si Ganus était en retard, ils étaient furieux et menaçaient Daitch d'aller ailleurs si le fait se reproduisait.

Les yeux encore pleins de sommeil, Ganus se leva et suivit Harry en traînant les pieds. Il s'arrêta près de la caisse enregistreuse, bâilla et se frotta les yeux. Après avoir empaqueté la commande qu'il venait de noter au téléphone, Harry l'inscrivit sur son livre de comptes, puis passa le paquet à Ganus par-dessus le comptoir.

— Madame Vernice Weathersbee veut qu'on lui livre immédiatement un pain et deux paquets de Lucky Strike. Ne t'arrête pas en route à bavarder, et puis n'oublie pas où tu dois aller. Elle est pressée, alors ne la fais pas attendre. Je ne tiens pas à ce qu'elle téléphone dans une demi-heure pour demander où tu es passé. Tu sais où elle habite, dans la petite maison jaune de Cypress Street. Tu y es allé des tas de fois. Alors ne te trompe pas, et ne va pas laisser sa commande chez quelqu'un d'autre. Si tu ne passais pas les après-midi à dormir, tu aurais un peu moins de coton dans la tête. Alors réveille-toi avant de partir, et tâche de savoir où tu vas !

La bouche ouverte, Ganus roulait des yeux blancs.

— Chez qui vous avez dit, m'sieur Harry ? » Le nom de Vernice l'avait complètement réveillé. « Vous êtes sûr que ce n'est pas chez quelqu'un d'autre ?

— Ben, pourquoi ? Je viens de lui causer il n'y a pas cinq minutes.

Fébrilement, Ganus hochait la tête.

— La dame dans la petite maison jaune, avec le figuier dans la cour ? C'est pas celle-là, m'sieur Harry ?

— Comment veux-tu que je sache si elle a un figuier dans sa cour ou dans un pot de fleurs ? Moi, je ne vais pas me balader dans le jardin de mes clients pour voir ce qu'ils ont dedans. Je te cause de madame Vernice Weathersbee, la veuve joyeuse de Cypress Street. Tu sais quand même qui c'est ! Tu lui as fait une livraison au début de la semaine.

Ganus respira longuement.

— Oui, je crois bien que je sais qui c'est, m'sieur Harry.

— Ah, tu te réveilles ; et puis elle a dit qu'il fallait que tu entres lui poser le paquet sur la table de la cuisine. Il paraît que la dernière fois, tu as tout laissé en vrac sur les marches de la cuisine et que tu t'es sauvé comme un voleur. Moi, je ne veux plus de ça ! T'entends, Ganus ? Tu frappes et tu entres bien poliment. Madame Weathersbee est une bonne cliente et elle paie ses factures à peu près à l'heure. En tout cas, elle les paie avec moins de retard qu'un tas de gens que je ne nomme pas. Alors, je ne tiens pas à ce qu'elle aille ailleurs !

A regret, comme s'il le manipulait avec horreur, Ganus prit le paquet contenant les cigarettes et le pain. Il ouvrit la bouche, mais pas un son n'en sortit.

— Qu'est-ce qu'il y a encore ?

— M'sieur Harry, vous ne connaissez personne qui passerait par chez elle, et qui nous rendrait le service de lui remettre le paquet ?

Harry s'en allait dans la réserve. En entendant

Ganus, il se retourna d'un air intrigué en tirant pensivement sur le lobe de son oreille droite.

— Tu dis, Ganus ?

Celui-ci commença par avaler sa salive, et avec beaucoup d'hésitations finit par dire : « Ben, m'sieur Harry, si quelqu'un pouvait mettre le paquet chez elle en passant, enfin, si ça ne vous faisait rien, je vous assure m'sieur Harry que ça m'arrangerait bien.

Harry revint à grands pas jusqu'au comptoir.

— Ganus, mon gars, ne tourne pas autour du pot, tu cherches à me lâcher, c'est ça ?

— Oh ! non, m'sieur Harry ! Je ne suis pas fou. Je veux le garder, j'ai jamais eu un boulot comme ça de ma vie. Alors vous pensez bien que je ne le lâcherais pour rien. Ah ! non, m'sieur Harry !

— Alors, à quoi ça rime de ne pas vouloir aller livrer chez madame Weathersbee ?

Devant l'attitude agressive de Harry, Ganus commença à s'inquiéter. Il regretta de s'être laissé aller à des paroles imprudentes. Il prit le paquet, et le serra contre lui, comme s'il avait peur que Harry ne le donne à livrer à un autre, puis il se dirigea rapidement vers la porte.

— Ecoute, Ganus ! », le ton de Harry était chargé de menaces.

— Non, m'sieur Harry, j'ai rien dit. » De peur la voix lui tremblait et s'étranglait dans le fausset. « La langue m'a sans doute fourché. Mais, bien sûr que je veux aller porter le paquet chez la dame, mais oui, comme vous avez dit, m'sieur Harry. Quand vous voudrez, patron, sur la table de la cuisine. Ne vous tracassez pas, pas une miette.

— Si tu recommences, c'est toi qui pourras te tracasser. Tu comprends, ça ne manque pas les gars qui attendent après le boulot. Alors, oublie pas ! Si tu ne fais pas gaffe, tu pourrais bien te retrouver sans travail un de ces jours. Et je ne rigole pas !

Ganus sortit en courant et sauta sur sa bicyclette. Il remonta Peachtree Street à toute allure, et, après un virage en trombe, dévala Cypress Street à tombeau ouvert. Il s'arrêta à la petite maison jaune, vers le milieu de la rue.

C'était un petit logement de quatre pièces, avec un toit de lattes toutes tordues par les intempéries. Des herbes folles encombraient la cour. De la poussière venue des labours s'était déposée sur le porche jamais balayé, et la pluie l'avait durcie en une espèce de croûte rougeâtre. De rares camélias et quelques iris bleu revenus à l'état sauvage faisaient de leur mieux pour fleurir dans cette jungle.

Hors d'haleine, Ganus entra dans la cour derrière la maison. Il appuya sa bicyclette contre le figuier près du perron. La porte du grillage n'était pas verrouillée. Il l'ouvrit sans bruit, et explora la cuisine du regard avant d'aller plus loin. Il n'y avait personne. Sur la pointe des pieds, il alla jusqu'à la table et y déposa le paquet. La maison restait silencieuse. Il retourna sans bruit à la porte et là, se souvenant un peu tard des recommandations de Harry, il frappa légèrement un seul coup sur le montant. Presque aussitôt, il y eut du bruit dans la pièce à côté. Le souffle coupé, il vit accourir Vernice Weathersbee. Elle fut à la porte avant qu'il ait eu le temps d'esquisser un geste. Il n'osait pas la regarder ; il n'avait pas oublié comment elle était habillée la dernière fois. Il faisait une chaleur étouffante dans la cuisine, et, le visage appuyé contre le grillage, il essayait d'aspirer l'air frais du dehors.

— Oh ! c'est toi, Ganus, dit-elle derrière lui. Il

s'aplatit le nez un peu plus contre la porte. Ne t'en va pas, Ganus, attends, je vais voir si tu as bien tout apporté.

Il se retourna. Comme il l'avait craint, elle ne portait qu'une moitié de pyjama. Comme la dernière fois, quand il avait lâché les paquets sur les marches et s'était sauvé à toute allure, elle portait une veste de pyjama bleu pâle, au décolleté profond et une paire de mules à talons. A un peu moins de trente ans, Vernice était grande et blonde. On ne pouvait pas, à première vue, la considérer comme une femme remarquablement belle, mais ses traits étaient pleins d'une douceur féminine et sa silhouette, avec ses longues jambes bien faites, était séduisante.

Cet été-là, on l'avait peu vue dehors, sauf une fois par semaine, quand elle allait à la poste. Mais quand elle sortait en ville, ses robes aux couleurs violentes et ses grands chapeaux faisaient toujours se retourner les hommes sur son passage. Le reste du temps, elle restait chez elle, vêtue seulement de sa veste de pyjama, et écoutait la radio toute la journée. Pendant cinq ans, elle avait été mariée à un dentiste, Mike Weathersbee. Il avait demandé le divorce après avoir appris que, pendant un de ses congrès à Atlanta, elle avait amené à la maison un représentant en machines à coudre. Il était parti refaire sa vie à Savannah. Il lui envoyait une pension hebdomadaire qui lui permettait de payer son loyer et de vivre chichement. Elle était orpheline, et on ne lui connaissait pas de famille. Vernice avait espéré se remarier en quelques mois, mais Fred Finlay, après avoir parlé mariage pendant près d'un mois était parti sans laisser d'adresse. On raconte, les voisins semblaient bien renseignés, qu'elle l'avait saoulé et lui avait caché ses vêtements pour lui extorquer une promesse de mariage. Mais Fred s'était dessaoulé à temps et s'était enfui dans la rue enveloppé dans une nappe à carreaux rouges. Personne n'avait jamais plus entendu parler de lui, sauf le receveur de la poste à qui il avait écrit pour faire suivre son courrier poste restante à Birmingham.

Les jours où elle avait le cafard, Vernice se disait qu'elle pourrait toujours trouver du travail à Macon ou à Augusta comme employée dans un institut de beauté. Après tout c'était son métier avant son mariage avec Mike. Mais, enfin, si elle pouvait trouver un homme qui l'entretiendrait... Elle ne perdait pas l'espoir, mais quel été elle avait passé : pas une sortie en deux mois, pas un homme. Mais avec l'automne, tout allait changer. Jusque-là, elle avait supporté la solitude des longues soirées chaudes en buvant du whisky coupé de coca-cola, et puis elle allait se coucher. Les larmes finissaient toujours par la faire dormir. Le voisin d'à côté, Milton Wheat, le limonadier, l'entendait souvent sangloter, et il avait souvent eu envie d'aller la consoler. Mais madame Wheat n'était pas d'accord. Elle ne laissait Wheat sortir le soir qu'après lui avoir fait promettre de ne pas aller voir « cette femme ».

Vernice avait ouvert le paquet de cigarettes et en allumait une.

— Tout est là, Ganus. C'est extraordinaire que monsieur Daitch n'ait pas tout mélangé, comme les autres fois.

— Eh bien, je m'en vais tout de suite dire à m'sieur Daitch que vous avez eu ce que vous vouliez, mademoiselle Vernice — Ganus regardait la porte — tout de suite, avec plaisir, mademoiselle Vernice.

Il ouvrit la porte avant qu'elle n'ait le temps de

répondre. Il était déjà dans la cour quand il l'entendit appeler. Il s'arrêta, mais sans la regarder.

— Oui, mademoiselle Vernice ? Vous avez appelé ?

— Oui Ganus, viens ici ! dit-elle d'un ton traînant et chaud.

Il revint dans la cuisine, et ferma la porte grillagée derrière lui. Elle était assise et fumait à larges bouffées. Ses oreilles se mirent à bourdonner avec violence.

— Mademoiselle Vernice, m'sieur Harry m'a dit de revenir vite. Il ne veut pas que je perde de temps, parce que, pendant que je suis parti, il peut y avoir une course urgente à faire. Pour sûr qu'il ne va pas être content. Alors faut que je me dépêche, faut que je m'en aille tout de suite.

Il sortit en courant, et sauta les marches d'une seule enjambée.

En enfourchant sa bicyclette, il entendit Vernice ouvrir la porte et l'appeler. Mais, il s'enfuit à toute allure. En tournant au coin de l'allée, il la vit du coin de l'œil qui lui faisait de grands signes. Il s'arc-bouta et appuya sur les pédales.

En quelques minutes, il arriva au magasin, et entra, essoufflé et tremblant. Harry l'attendait derrière le comptoir.

— Eh bien ! T'as fait vite, Ganus. Bon boulot, mon gars.

— J'ai fait de mon mieux, m'sieur Harry. Je me suis dépêché, comme jamais ça ne m'était arrivé.

— Et tu tombes pile, continua Harry en achevant d'envelopper un paquet. Tout le temps que tu travailleras comme ça, on s'arrangera tous les deux. Les clients aiment bien qu'on livre à l'heure. C'est comme ça qu'on fait des affaires.

— Oui, m'sieur Harry, mais je voudrais dire...

D'un geste de la main, Harry le fit taire.

— Il y a une autre livraison à faire tout de suite. Alors tâche de faire aussi vite. Si tu continues, je vais en arriver à croire que je ne peux pas me passer de toi !

Ganus prit le parquet.

— C'est pour qui, m'sieur Harry ?

— C'est encore pour madame Weathersbee. Elle a téléphoné juste avant que tu ne reviennes, pour dire qu'elle avait oublié de demander de la coca-cola. Faut lui porter ça tout de suite. Alors dépêche-toi pendant que les bouteilles sont encore glacées. En été, les clients n'aiment pas la coca-cola chaude.

Ganus avait reculé d'un pas. Il avala sa salive.

— M'sieur Harry, je... M'sieur Harry...

Harry leva les yeux et son front se plissa.

— Qu'est-ce que tu as encore ?

— M'sieur Harry, je...

— Ça fait deux fois en une demi-heure que tu agis drôlement. Mais qu'est-ce que tu as ? T'es malade ? Oui ou non, tu veux que je te garde ? Alors grouille-toi ! Tu comprends, je ne tiens pas à avoir un garçon de courses sur lequel je ne peux pas compter quand il y a du boulot urgent.

— Mais, m'sieur Harry, je ne demande pas mieux. S'il vous plaît, ne cherchez pas un autre garçon, vrai, m'sieur Harry !

— Alors qu'est-ce qui te prend de ne pas vouloir y aller ?

Ganus ne savait pas comment répondre, et il se dandinait d'un pied sur l'autre. Il n'avait plus qu'une pensée : les cinq dollars à payer tous les samedis au docteur Lamar English. Il avait déjà fait six versements, et il savait bien que, s'il était mis à la porte, il ne trouverait pas de travail à temps pour continuer à payer sa bicyclette. Alors le docteur English viendrait la reprendre. Il alla jusqu'à la porte.

— Vous en faites pas, m'sieur Harry. J'y vais tout de suite, comme vous avez dit. Vous allez voir. Vous en faites pas, m'sieur Harry.

Il sortit en courant, avant de laisser à Harry Daitch le temps de placer un mot. Il prit sa bicyclette et remonta lentement Peachtree Street. A chaque tour de roue, sa confiance en soi diminuait. Pas de doute, cette fois, il n'échapperait pas à Vernice. Qu'est-ce qui allait se passer ? A regret, il prit le tournant de Cypress Street. Il essayait de décider ce qu'il allait faire en arrivant à la porte de la cuisine. Mais il avait si peur de se retrouver face à face avec Vernice que ses idées se brouillaient. Il fit deux fois le tour du pâté de maisons avant de se décider à entrer.

Avec au creux de l'estomac l'impression horrible qu'il allait faire quelque chose qu'il regretterait, mais sans avoir trouvé la solution, il appuya une seconde fois sa bicyclette contre le figuier. Il se souvint que, la première fois qu'il était venu, il avait regardé les figues mûres et chaudes qui pendaient au-dessus de lui, si tentantes. Il n'aurait eu qu'à tendre la main, mais peut-être que les gens n'aimeraient pas ça. Aujourd'hui, il avait trop de soucis pour même les regarder. Le paquet à la main, il écouta quelques instants. Un groupe bruyant d'enfants jouait dans la rue, mais, dans la maison, rien, pas un bruit. Sans doute Vernice était-elle dans une autre pièce. Le cœur lui battait à grands coups. Il ouvrit rapidement la porte grillagée et alla jusqu'à la table. Il ne se rendit compte de la présence de Vernice qu'à ce moment-là. Elle était assise sur la même chaise droite et fumait une autre cigarette.

Il s'arrêta, consterné. Mais pourquoi ne portait-elle

qu'une veste de pyjama chaque fois qu'il venait faire une livraison ? Il s'arrêta de respirer et écouta son cœur battre à grands coups.

— C'est gentil d'être revenu si vite, Ganus, dit-elle avec un sourire ambigu. Je n'avais plus du tout de coca-cola.

— Ah oui, mademoiselle Vernice...

— Mais j'avais surtout besoin que tu me rendes un service.

Quel service ? il n'osa pas le lui demander.

— Oui, Mademoiselle.

Vernice alla d'abord verrouiller la porte grillagée, puis elle alla dans le salon. Quelques secondes après, elle l'appela. Tendu par l'énervement mais curieux, il passa la tête par la porte du salon. Elle était assise sur le divan et lui tendait une bouteille.

— Va falloir que tu m'ouvres ça, Ganus, dit-elle en lui faisant signe d'approcher. J'ai essayé, mais je n'arrive à rien. Allons, Ganus, viens. Mais entre donc !

Il hésita longtemps avant de se décider à passer le seuil de la porte. Elle se leva et lui donna la bouteille et le tire-bouchon. Il tremblait tellement qu'il la laissa presque tomber.

— Vas-y, ouvre-la, Ganus ! Faut un homme pour faire ça. Moi, je suis si maladroite.

Il avait si peur qu'il n'arrivait pas à enfoncer le tire-bouchon. Il fallut qu'elle vienne l'aider. A sa grande surprise, le bouchon vint tout seul. Un peu de whisky se répandit sur sa chemise et son pantalon. Mais que dirait m'sieur Daitch s'il le voyait ?

— Voilà, mademoiselle Vernice. Maintenant, faut que je rentre en vitesse. M'sieur Harry m'a bien recommandé de ne pas être longtemps, vrai, mademoiselle Vernice !

Elle fit non de la tête; les sourcils froncés, elle semblait le gronder gentiment.

— Non, Ganus ne t'en va pas. » Elle versa une bonne rasade de whisky dans deux verres, ajouta un peu de coca-cola. « Tu vois, il faut que tu restes. Je vais devenir folle si je continue à boire toute seule. » Elle lui tendit un verre. Il dut le prendre à deux mains ; il tremblait tellement qu'il en renversa un peu sur ses chaussures. Il essaya de lui rendre le verre.

— Je ne peux pas, mademoiselle Vernice, prenez-le, faut que je m'en aille.

— Pourquoi ? C'est la première fois que tu prends du whisky ?

— Oh ! non, j'y ai goûté, je sais ce que c'est. Mais m'sieur Harry ne serait pas content, pour sûr. Et s'il me mettait à la porte, je ne pourrais plus payer le docteur English tous les samedis, et il viendrait me la reprendre.

— Je ne comprends rien à ce que tu racontes. Si tu dois de l'argent au docteur English, qu'il vienne le chercher ! D'abord, les docteurs, c'est pourri de fric. Tiens, nous deux, on va leur en faire voir aux docteurs !

— Mais, m'sieur Harry...

— On s'en fout de Harry Daitch ! » Elle éclata d'un rire un peu éraillé et poussa le verre par en dessous, en le lui maintenant solidement contre les lèvres. « Et hop ! Liquide, Ganus ! Chacun pour soi ! Et Harry Daitch, tu vas voir, il viendra te chercher à genoux. Allez, cul sec ! » Tout son corps se balançait. « Cul sec, Ganus ! »

Ganus ferma les yeux et avala le whisky d'un trait. Quand il les rouvrit, elle était en train de remplir à nouveau les deux verres. Comme elle se penchait au-dessus de la table, la large veste semblait raccourcir et les courbes luisantes de ses fesses blanches commencèrent à danser devant ses yeux. Il détourna le regard et jeta un coup d'œil par la fenêtre. Sûrement il y avait quelqu'un qui espionnait et qui allait ameuter toute la ville. Non, personne.

— Mademoiselle Vernice, un garçon de couleur comme moi, et vous qui n'avez rien sur le dos... Vous savez bien, s'pas ? Ça m'ennuie, faut que je m'en aille !

Elle se retourna et lui tendit un verre plein.

— Ne fais pas l'idiot, Ganus ! Allons, encore un cul sec !

— Je sais, mademoiselle Vernice, mais...

— Je suis toute seule, Ganus. C'est pas marrant, tu sais d'être tout le temps toute seule. Personne n'en saura rien... Tu ne crois pas quand même que j'irai raconter ça ?

Elle poussa au fond de son verre.

— Et hop ! Encore un !

Il le but aussi vite qu'il put, espérant en avoir fini. Cette fois, elle n'avait presque pas mis de coca-cola. Le liquide était brûlant et ses yeux se mirent à pleurer. Elle versait déjà une troisième tournée. Il essaya de lui enlever la bouteille, mais elle le repoussa aisément du coude.

— Mademoiselle Vernice, faut absolument que je m'en aille, je vais me faire mettre à la porte. Il faut que je donne cinq dollars par semaine au docteur English. Vous n'êtes pas assez habillée, mademoiselle Vernice.

Il essaya encore de lui arracher la bouteille. Impuissant, il regardait le liquide ambré couler en glougloutant dans les verres.

— Mademoiselle Vernice, cette petite veste, elle a l'air de raccourcir tout le temps. Vous ne vous en apercevez pas, mais, vous n'avez presque plus rien sur le dos. Oh ! si on m'attrapait maintenant... je vous en prie, mademoiselle Vernice !

D'une bourrade, elle l'envoya tomber sur le divan. Il eut l'impression d'une chute d'un kilomètre dans l'espace. De nouveau, un verre s'approchait de lui. Il essaya de lui échapper en remuant la tête à droite et à gauche, mais le verre trouvait toujours sa bouche. Il se sentit trop fatigué pour résister, il ferma les yeux et vida le verre. Tout se mit à tourner. Même Vernice parut devoir tomber. Heureusement il était là, et il la rattrapa juste à temps. La pièce tournait de plus en plus vite, mais il la tenait bien.

— Je vais perdre ma place, pour sûr ! Les larmes coulaient sur son visage. M'sieur Harry va chercher un autre garçon de courses. » La saisissant à deux mains, il essayait de ramener la courte veste sur les cuisses blanches. « Je sais ce qu'on fait aux noirs qui font des bêtises ! Je ne veux pas faire de bêtises, mais ce n'est pas de ma faute. J'ai toujours fait de mon mieux, mais je n'ai jamais eu de veine. Je ne peux plus, mademoiselle Vernice !

Epuisé, il s'arrêta, renonçant à faire descendre la veste.

— C'est pas de ma faute, mademoiselle Vernice si une blanche...

Elle le rassura d'un sourire. Il fit un effort pour comprendre ce qu'elle disait.

— Ganus, tu n'as jamais couché avec une blanche ?...

Il essaya de répondre, mais ses lèvres étaient sèches.

— Hein, Ganus ?

— Non, mademoiselle Vernice, et ce n'est pas la place d'un noir. Il y a longtemps que je sais ça. Le bon

Dieu sait bien que je fais de mon mieux. Alors pourquoi les blanches essaient-elles de me faire faire ce qu'il ne faut pas. J'ai peur, mademoiselle Vernice. Je ne veux pas avoir d'ennuis. Ça serait terrible, un noir comme moi, qu'est-ce qu'on me ferait ?

Il s'arrêta et se rendit compte qu'elle était en train de le secouer depuis quelques instants.

— Je veux que tu me promettes de ne pas me dénoncer. Promets, Ganus !

— Moi ! vous dénoncer ! — Il ne comprenait pas. — Vous pensez bien que je n'irais pas dénoncer une blanche.

— Tu promets ?

— Bien sûr. Mais, mademoiselle Vernice, les blanches ne devraient pas faire de vilaines choses.

— Non, Ganus, je ne suis pas vilaine, mais je suis toute seule, je n'y peux rien, j'ai essayé, mais personne n'a envie de moi. Je n'y tiens plus, je suis si seule. — Elle avait les larmes aux yeux. — Peut-être qu'un jour un homme aura envie...

Il sentit le bord du verre entre ses lèvres, et cette fois, il jugea qu'il serait trop fatigant de résister. Il renversa la tête en arrière et sentit le whisky brûlant lui couler dans la gorge. Il se sentit tout surpris de n'avoir plus peur.

Au bout d'un instant, il entendit Vernice lui parler.

— Quand il va faire noir, ça ne paraîtra plus, Ganus.

Il se demanda de quoi elle voulait parler, mais c'était trop fatigant d'essayer de penser. Il se cala confortablement et sentit son corps s'enfoncer dans la mollesse enveloppante du divan. Le reste du monde semblait s'être éloigné des limites de sa conscience. Il n'avait plus besoin de se faire du souci.

— Ganus, oublie seulement que tu as la peau foncée », disait-elle d'une voix lointaine. Il pouvait maintenant sourire sans effort, parce que rien n'avait plus d'importance. « Ça ne fait rien tout ça, Ganus. Il ne faut pas avoir peur. Personne n'en saura rien. Te voilà comme tout le monde maintenant. N'aie pas peur. Tant que tu seras ici, tu n'auras rien à craindre. C'est bon, n'est-ce pas, Ganus ? »

Il voulut ouvrir les yeux et lui dire comme il était bien, mais à quoi bon... C'était tellement bon d'être allongé dans la mollesse du divan. Et pour la première fois de sa vie de ne plus penser à la couleur de sa peau.

# VIII

Roy Blount rentra à l'*Hôtel Pineland.*

Le soir tombait, et depuis le début de l'après-midi, Ernie Lumpkin et Joe Morningstar, les deux courtiers en huiles et farines, venus d'Atlanta, devaient l'attendre. En les quittant après déjeuner, Roy leur avait promis de revenir vers quatre ou cinq heures prendre un ou deux autres verres avec eux. Il avait évité de leur dire où il allait et pourquoi, parce qu'il se doutait d'avance que sa femme ne marcherait pas. Mais il était quand même allé chez lui, essayer de convaincre Elizabeth de les inviter à déjeuner le lendemain dimanche.

Il avait passé presque trois heures à répéter que c'était là une obligation d'affaires de les inviter. Il avait plaidé, fait des tas de promesses imprudentes, mais, malgré tous ses efforts, elle n'avait pas consenti à ce qu'il amenât ses relations d'affaires à la maison. Une des grandes déceptions de sa femme était de n'avoir pas épousé un homme distingué d'une profession libérale, un docteur, ou un avocat de préférence, et elle ne s'en était jamais consolée. Au bout de tant d'années et bien que les maris de toutes ses amies fussent des négociants ou des courtiers sur la place d'Estherville, elle continuait à refuser obstinément de rencontrer sur le plan social des gens qui venaient de l'extérieur pour des affaires aussi vulgairement commerciales que le négoce de l'huile de coton.

Le soleil était couché quand Roy abandonna la partie et retourna en ville. On était à la fin d'août et les jours étaient déjà plus courts.

Il gara sa voiture devant l'hôtel et prit l'ascenseur jusqu'au quatrième. Bien sûr, c'était une déception, mais il savait d'avance qu'Elizabeth s'entêterait, et depuis un mois, il cherchait autre chose pour distraire Ernie et Joe quand ils viendraient. Il les connaissait bien, et savait ce qu'il leur fallait.

Un verre à la main, Ernie ouvrit la porte dès que Roy frappa. Joe était à demi couché sur un des lits jumeaux. Il avait enlevé ses chaussures et approché le ventilateur électrique de sa figure rouge qui ruisselait de sueur. Ils avaient tous deux enlevé leurs vestes et relevé leurs manches de chemise. Il faisait une chaleur étouffante dans l'hôtel et ils n'étaient vraiment pas à leur aise.

— Bon Dieu ! d'où que tu sors ? T'es parti depuis le déluge ! cria Ernie.

— Vrai, Ernie, je ne croyais pas être parti si longtemps. Je suis désolé.

— Moi et Joe, on est en train de se saouler la gueule en t'attendant dans ce bain turc. Bon Dieu, que je sois pendu si je reviens dans ce trou à lapins t'acheter du tourteau si tu te crois trop bon pour boire mon whisky. Qu'est-ce que t'en penses, Joe ? Tu crois qu'on viendra encore faire des affaires avec ce rustaud ?

— Foutre non, Ernie, j'en ai pas l'impression, dit Joe Morningstar, en se gonflant les joues. Contrairement à Ernie Lumpkin qui était grand et mince, avec d'épais cheveux noirs, Joe était petit et trapu. A la main gauche il portait un diamant un peu trop gros et il mâchonnait toujours un bout de cigare. Il était chauve, bien qu'il n'eût, comme Ernie, qu'une quarantaine d'années. Ses muscles faciaux étaient figés en un perpétuel sourire fendu jusqu'aux oreilles qu'il ne pouvait jamais effacer, même quand il lui aurait fallu prendre un air sévère. Ernie et lui parcouraient le Cotton Belt et achetaient pour leur compagnie l'huile, le tourteau et la graine de coton que produisaient les usines indépendantes. Ils venaient à Estherville tous les étés pendant deux ou trois jours, et passaient un contrat avec Roy Blount pour la production de l'année à venir.

— A mon idée, le tourteau d'ici n'est pas meilleur qu'ailleurs, fit remarquer Joe en mettant sa main devant sa bouche pour cacher son éternel sourire. Je ne vois alors pas pourquoi on reviendrait ici pour recevoir des affronts. En tout cas, j'aimerais mieux recevoir un affront à Jacksonville ou à Birmingham. Ailleurs, au moins, ils mettent des rubans autour. Moi, je vous dis, c'est une honte.

— Je vous assure, j'avais pas l'intention d'être parti si longtemps.

Roy n'arrivait pas à discerner jusqu'à quel point ils étaient sérieux. Il ne les connaissait pas assez pour dire s'ils plaisantaient ou s'ils étaient vraiment vexés. Il fallait qu'il fasse attention à ne pas les vexer, le contrat n'était pas encore signé. Ils devaient se retrouver lundi matin chez le conseil de l'usine pour discuter les derniers points. En attendant, Roy se rendait bien compte qu'il était de l'intérêt des actionnaires de s'occuper d'eux, d'être même aux petits soins pour Ernie et Joe en attendant. Alors, il fallait se mettre en frais.

Roy était propriétaire de sa maison dans Chesnut Street, près du club de golf ; ses enfants allaient au collège, sa femme venait d'être élue présidente du club des anciennes élèves, et il n'aurait pas aimé quitter la ville et y perdre sa situation sociale.

Il alla se verser un verre ; c'était le meilleur moyen de rentrer en grâce. Il fut sur le point de leur confier que son retard était imputable à sa femme, ils comprendraient tous les deux. Mais à la réflexion, il jugea préférable de ne pas parler de sa femme.

— En tout cas, dit-il, brandissant son verre, avec un geste qu'il voulut libre de tout souci, me voilà libre, et prêt à m'amuser ! » Il voulait qu'Ernie et Joe participent à sa gaieté, mais ils restaient tous deux de pierre et avaient l'air de se dire qu'on ne pouvait pas compter sur lui. « Toutes les corvées sont faites, et me voilà libre comme l'air. Je bois au succès, mes amis ! »

Après avoir donné un coup de pied vicieux dans la porte, Ernie alla regarder par la fenêtre. Le dos tourné à la pièce, il contemplait la rue d'un air morose. Des enseignes électriques étaient déjà allumées, et l'éclairage public brillait à travers les arbres au niveau des toits. Le vacarme ordinaire du samedi soir, le hurlement des avertisseurs mêlés aux voix bruyantes de la rue, emplissaient la pièce.

Au bout d'un moment, Ernie se détourna de la fenêtre. Il était de fort méchante humeur. Il dévisagea Roy avec un air de dédain.

— Nous voilà à samedi soir, et personne n'a levé le petit doigt pour le bien-être de la fraternité. — Il avait l'air d'accuser Roy. — Je me sens comme un eunuque, enfin... comme un de ces gars qui ne peuvent pas... » Il tourna le dos à Roy, prit une des bouteilles sur la table et la tint, le goulot en bas au-dessus d'un verre, en regardant le whisky glouglouter avec des éclaboussures. « Merde alors, qu'on me prenne pour un castré du fin fond de la Caroline, si je reste ici comme un baptiste qui attend les pieds dans le baquet que son voisin lui passe la serviette, à regarder passer un samedi soir. Chez moi, je n'ai jamais laissé passer un samedi soir sans en lever une, et permettez-moi de vous dire que ce soir c'est urgent ! »

Il pivota sur ses talons et regarda Roy d'un air mauvais.

— Ecoute, Ernie, qu'est-ce que vous voudriez faire toi et Joe ? demanda Roy qui pensait à ce que Charlie lui avait dit au téléphone.

— Bon Dieu, Blount, sors-toi de ton trou, et lève le gibier. T'es chez toi, tu sais où perchent les bonnes couvées après le coucher du soleil. Allez, au boulot, Blount !

— Je comprends ce que tu veux dire, Ernie, dit Roy avec un sourire forcé. — En un geste qu'il voulait très amical, il posa une main sur l'épaule d'Ernie. — Mais, il faut que je vous explique quelque chose. C'est une petite ville ici, une bougrement petite ville. Vous savez bien. Ce n'est pas Atlanta ou New Orleans ici. Faut pas trop en attendre dans un petit bled comme Estherville. Pas vrai, hein, Joe ?

Placide, Joe ne dit rien pour se compromettre. D'un mouvement exercé des lèvres et de la langue, il fit passer le bout de cigare éteint de l'autre côté de sa bouche.

Ernie repoussa violemment le bras de Roy.

— Des clous que j'en attends pas trop, mon vieux ! Tu ne connais pas Ernie Lupkin. Tu ne crois tout de même pas que j'ai fait arrêter mon train à une halte comme ici pour faire une pincée de fric. Joe et moi, on peut toujours en faire, de l'argent, et ailleurs ! Alors, nous on compte sur toi pour t'occuper de ce qui compte vraiment. Alors, tu parles d'un marchand de tourteau si tu ne peux pas prendre soin de deux amis chers qui veulent seulement ce qu'il y a de mieux. Hein, Joe !

— Ernie n'a jamais rien dit de plus vrai, ajouta Joe avec un large sourire fendu jusqu'aux oreilles. Nous, tout ce qu'on veut, c'est ce qu'il y a de mieux, et on en veut beaucoup ! Et puis, ça n'a jamais fait de mal d'en avoir en réserve pour les jours maigres.

— Alors, tu vois, Blount. Tu n'as qu'à faire le compte des voix.

— Ecoutez ! Ernie et toi, vous n'avez pas l'air de comprendre. Vous savez que je suis un type régulier et que je ferais tout pour des copains comme vous. Mais, quand on habite dans un petit patelin comme Estherville, on prend l'habitude de rentrer chez soi tous les soirs, et on s'arrange avec sa femme pour la bagatelle. Dans une petite ville, ce n'est pas comme...

— Ernie, on ferait mieux de mettre un autre avant, si on veut marquer des buts ce soir.

— Comme tu dis, Joe. » Il pointa un index accusateur en direction de Roy et hurla : « Raconte ça à d'autres, mon vieux. Toi, t'as ta femme, pas moi ! La mienne, elle est à trois cents kilomètres d'ici. Comme disait le mécanicien au chauffeur, le jour où la fille a perdu son pantalon sur la voie : Faut que je me débrouille, chacun pour soi ! »

Des yeux, Roy chercha de l'aide du côté de Joe, mais celui-ci était très occupé à mâchonner son bout de cigare.

A sa grande surprise, Ernie vint lui passer un bras

autour du cou et, pour la première fois, il eut un sourire amical.

— Tu sais ce que m'a dit ma femme quand je suis parti, cette fois. Non ? Ecoute, je vais te dire. Elle a dit : « Ernest, si tu es décidé à te mal conduire, pour l'amour du ciel, que ce soit vite fait à chaque fois ! » Oui, voilà ce qu'elle a dit, et moi je lui obéis tout le temps, à ma bonne femme. Alors ? On y va ?

Ernie se baissa, ramassa les chaussures de Joe Morningstar et les lança sur le lit. Roy se mit à arpenter la pièce.

— Voilà, dit-il sans les regarder, dans un patelin comme ici, tout le monde est bien à sa place, étiqueté, et ça ne laisse pas beaucoup de place pour l'imprévu. C'est comme une société où toutes les actions sont en mains, une ville comme ici.

Il s'arrête au pied du lit de Joe.

— Enfin, vous deux, vous devriez comprendre ça. C'est logique, hein, Joe ? Vous avez voyagé dans le coin, et vous savez bien que c'est vrai. Je n'essaie pas de vous faire découvrir quelque chose. C'est pas mon genre.

— Où que tu veux en venir maintenant, Blount ? Tu te dégonfles ? C'est ça ?

— Tu sais bien que non. A Atlanta ou à New Orleans, je ne te raconterais pas ces trucs-là, ça ne tiendrait pas debout. Mais ici, c'est comme ça. J'habite Estherville depuis quinze ans, et je connais le pays comme ma poche. A ma place...

— A ta place, quoi ? aboya Ernie.

Ernie espérait au moins en convaincre un des deux de sa sincérité. Il regarda Joe. Celui-ci essayait de prendre un air indifférent et haussait les épaules pour bien marquer que les explications de Roy n'étaient pas convaincantes.

— Alors, voilà, commença Roy, en faisant aller son regard anxieux de l'un à l'autre. Par ici, si vous faites certains plans, il y a... il y a certaines choses sur lesquelles on ne peut pas compter.

Ernie et Joe échangeaient des regards douloureux.

— Pas de doute, notre copain essaie de nous laisser tomber. C'est pas la première fois qu'on me sert l'histoire.

— Mais non, mais comprenez-moi ! Ce que je veux dire par certaines choses...

— Certaines choses, enchaîna Ernie, comme les biscuits chauds et la mélasse blonde au petit déjeuner ? Vrai, tu crois qu'on n'en aura pas, Roy ? C'est moche. » Les coins de sa bouche s'abaissèrent en une grimace triste. Joe essaya de cacher son sourire en faisant passer son cigare de l'autre côté de sa bouche.

— Tu sais bien ce que je veux dire, Ernie. Faut te faire à l'idée de ce qu'on peut trouver. C'est pas comme...

Ernie lui donna une grande claque sur le dos.

— Tais-toi, tu vas me faire chialer. Il y a longtemps qu'on ne m'a raconté une histoire aussi triste. Tiens, depuis l'histoire du bordel qui a brûlé avec toutes les poules dedans. J'ai pleuré ! Mais j'ai pleuré ! Tu me fends le cœur, Blount. Alors ta gueule !

— Ernie, je voulais dire que si tu veux coucher avec une poule, faut s'attendre à ce qu'elle ne soit pas... enfin je veux dire... on ne peut pas coucher avec une blanche.

Ernie lâcha son verre qui alla s'écraser sur le plancher. Il fit un pas en arrière, comme pour retrouver son équilibre et regarda Joe. Celui-ci ne cherchait plus à dissimuler son sourire.

— Joe, dit Ernie en un aparté de théâtre, Joe, qu'est-ce que t'en dis ? Un vrai bon petit gars à sa maman. On l'aurait quand même pas dit. » Il pivota sur un talon, saisit la main de Roy et se mit à la secouer avec enthousiasme. « Mon vieux, tu ne te rends pas compte du plaisir que ça fait, jusqu'au bout des doigts de pied, d'en rencontrer un comme toi. Mon copain, je te retrouve ! Mais d'où sors-tu ? Qu'est-ce qu'on t'a fait ? Raconte !

— J'espère que tu comprends, Ernie, dit Roy avec un peu d'inquiétude, dès qu'il put placer un mot. Je ne veux pas que vous soyez déçus tous les deux.

— Si je comprends ? Roy, je te fais mes excuses du fond du cœur. Vrai, Roy, je t'avais mal jugé. — Il montra deux doigts croisés de sa main droite. — Maintenant, toi et moi, on est comme ça, et je casse la gueule à qui dira le contraire ! — Il se mit à arpenter la pièce en se frottant les mains. — Trois gars qui vont faire la foire ensemble un samedi soir, qu'est-ce que vous voulez de mieux ? Pas vrai, Joe ? Hein que j'ai raison ? Si tu veux qu'on te dise bien franchement, moi et Joe on avait peur que tu nous lâches, et c'est pour ça que je m'excuse. Allons, copains à la vie à la mort ! tous les trois ! En route, Joe Morningstar, grouille, tire-toi du plumard !

Il passa un bras autour du cou de Joe.

— Tu vois, ma vieille, quand tu as commencé à raconter ton histoire à faire chialer, j'ai cru pour sûr que tu faisais ta tête de cochon. Alors, pour te montrer qu'on ne t'en veut pas, je te dis tout de suite que moi je veux bien prendre la petite qui a les deux petits ananas par-devant. Je me fais à l'idée, tu sais ! Et pour un copain comme toi, qu'est-ce que je ne ferais pas ? Joe, nom de Dieu, tu te lèves ?

Roy avait encore quelque chose à dire. Il prit Ernie par le bras, avec une expression triste.

— Ecoute encore, Ernie, ce n'est pas si facile que t'as l'air de le croire. Je peux sans doute arranger ça, mais faudra pas aller trop vite. La première chose...

Ernie ne l'écoutait pas.

— Joe, tes godasses ! Magne-toi ! Nous voilà arrivés à samedi soir, ma vieille ! Et dire que je croyais que le calendrier ne savait plus où il en était.

— Ça va prendre un peu de temps, va falloir patienter.

Ernie prit une longue lampée à même le goulot, puis il mit son chapeau n'importe comment et ouvrit violemment la porte.

— Ma vieille, peut-être que tu ne me connais pas assez, mais on te dira partout que je sais attendre quelques secondes s'il le faut. Joe, où es-tu ?

Joe avait fini par mettre ses chaussures. Il enveloppa une bouteille dans un journal et suivit les deux autres dans le couloir jusqu'à l'ascenseur. Ils s'arrêtèrent dans le hall et achetèrent des cigarettes et trois cigares pour Joe.

Une fois sur le siège arrière de la voiture, Ernie donna encore une grande claque sur l'épaule de Roy.

— Et en avant pour en tirer une bonne, les gars ! Je savais bien qu'on pourrait compter sur toi ! Pas toi, Joe ?

— Entre frères de la même loge, faut s'entraider, acquiesça Joe.

— C'est ça ! hurla Ernie, des frères de loge, la loge des bons petits gars à leur maman. En route, frère !

De nouveaux doutes assaillirent Roy dès qu'ils

eurent quitté Peachtree Street pour tourner dans Gwinett Alley.

Il arrêta la voiture à quelque distance de la petite maison où vivait tante Hazel, et éteignit les phares. Il resta assis au volant, sans bouger. Quelle idée de se fourrer dans un guêpier pareil ? Si seulement sa femme avait été d'accord pour qu'il les amène à déjeuner le lendemain, il aurait pu retourner à l'hôtel dans l'après-midi, il aurait bu un verre ou deux, ils seraient allés se coucher, et lui, il serait rentré. Enfin !... plus il attendait, plus les deux autres s'impatientaient. Il ouvrit la portière et descendit, en leur demandant de ne pas le suivre.

Il descendit la ruelle étroite sous le feuillage des chênes. Des enfants noirs jouaient sur la chaussée, il en entendit d'autres plus loin. Un vieux couple noir était assis sur le seuil d'une porte, et d'autres se balançaient dans leur rocking-chair dans les cours sablées. Il marchait lentement dans l'obscurité chaude de l'été. De partout lui provenaient les voix aiguës des enfants, et le tintamarre des postes de radio. En arrivant devant la porte de tante Hazel, il s'arrêta et regarda les magnolias dans la cour en se demandant ce qu'il allait faire. Il n'y avait personne dans la cour, ni sur le seuil, mais une lampe dans le vestibule découpait une bande de lumière jusqu'à la barrière où il s'appuya. Un garçon et une fille passèrent. Il cacha son visage dans l'ombre.

Il resta là quelques minutes, ne sachant que faire. Alors, il vit Ganus Bazemore, qui revenait de l'épicerie. En arrivant à la barrière, Ganus le reconnut.

— B'soir, m'sieur Roy.

— Bonsoir, Ganus, dit-il sans élever la voix, comment vas-tu ce soir ?

— Ça va, m'sieur Roy. — Ganus hésita avant de continuer. — Vous cherchez quelqu'un par ici, m'sieur Roy ?

— Eh bien, je passais par ici en me promenant. Il s'appuya contre la barrière, pour se donner l'air de n'être pas pressé.

— C'est là que tu habites ? Il indiqua de la tête la petite bicoque sans peinture derrière les magnolias.

— Oui, m'sieur Roy, c'est la maison de tante Hazel. On habite tous ici.

Roy essayait de donner l'impression qu'il n'était pas pressé, et il tapota distraitement du bout des doigts sur un des poteaux de bois.

— Bah ! Puisque je suis dans le quartier, j'aimerais bien parler à ta sœur, Ganus. Enfin, si elle est là. J'attends.

— Vous voulez voir Kathyanne, pour quelque chose ?

— Oui, c'est ça.

— Je vais lui dire tout de suite, m'sieur Roy. Je sais qu'elle est là et elle avait l'air de dire qu'elle allait trouver du travail. Elle a cherché partout. Bougez pas, m'sieur Roy, je vous l'envoie !

Ganus ouvrit la barrière et entra en courant. Roy prit une cigarette. Il allait l'allumer, mais il entendit des voix de l'autre côté de la ruelle ; il la jeta. Kathyanne vint à la porte et regarda dans la rue, elle s'arrêta une minute avant de venir lentement à la barrière. Il attendit qu'elle fût sur le trottoir avant de parler.

— Je suppose que Ganus vous a dit que j'étais là, Kathyanne. — Il se demanda s'il pourrait aller jusqu'au bout. — Je passais par ici, et je me suis dit... La voix lui manqua au milieu de sa phrase. Il se sentit mal à l'aise en sa présence, et se demandait ce qu'Ernie ou Joe diraient à sa place.

— Oui, monsieur Roy ?

— Enfin, je voulais dire... murmura-t-il confusément, tout en cherchant encore ce qu'il allait dire. Il l'avait déjà vue de loin, en rentrant chez lui en voiture, mais c'était la première fois qu'il lui parlait. Il ne s'attendait pas à la trouver si jolie, et d'être là, devant elle, sans pouvoir lui parler d'un ton naturel, il se sentait horriblement gêné. Il aurait voulu tout laisser là, et s'en aller. Mais comment s'en tirer ? et Joe et Ernie, qui devaient s'impatienter et qui allaient arriver d'une minute à l'autre. Il lui sourit, tout en se demandant s'il avait autant l'air d'un collégien timide qu'il en avait lui-même l'impression.

— Comment ça va ce soir, Kathyanne ?

— Oh ! bien, très bien, monsieur Roy, répondit-elle si vivement qu'il la soupçonna de lire dans ses pensées. — Vous vouliez me voir ? — Jamais il ne pourrait oublier comme cette question avait semblé innocente. Il eut l'impression de trahir un être qu'on lui aurait confié.

— C'est pour ça que vous êtes venu, monsieur Roy ?

— Ben... c'est ça... — Il la vit sourire de son embarras. — Je voulais vous parler de quelque chose, Kathyanne.

— Qu'est-ce que c'est, monsieur Roy ? Du travail chez vous ? demanda-t-elle avec une certaine âpreté.

— Eh bien, non... d'ordinaire, ma femme... non c'est autre chose.

— Quelle autre chose ?

Il recula d'un pas, et en même temps il indiqua la ruelle d'un signe de tête.

— Si nous marchions un peu par là, nous serions

mieux pour parler ; il y a tant de monde... oui, par ici...

Elle hésita, puis passa devant lui. Roy la rattrapa. Ils passèrent sans rien dire devant la maison d'à côté. Il ne se décida à parler qu'en apercevant la voiture.

— Kathyanne, vous me rendriez un grand service en m'aidant. — Il lui prit le bras, sans brutalité, mais fermement. — C'est terriblement important. Je ne vous connais pas très bien mais j'ai entendu parler de vous. Alors, quand il m'est arrivé deux frères de ma loge, j'ai pensé...

— Qu'est-ce que vous avez pensé, monsieur Roy ?

— Eh bien, ces deux frères de loge sont... sont très gentils.

— Quelle loge, monsieur Roy ? demanda Kathyanne sans sourire. — Il la regarda, stupéfait. Se moquait-elle de lui ? — Comment s'appelle-t-elle, monsieur Roy ? répéta-t-elle. — Cette fois un sourire furtif lui vint aux lèvres.

— Oh, c'est une loge de chez nous, enfin une loge.

— Et vous en faites partie, monsieur Roy ?

— Moi ?

Cette fois, pas de doute, elle se payait sa tête.

— Oh oui ! Bien sûr. — En tout cas, vous me rendriez un grand service, dit-il, en surveillant avec anxiété la voiture sous les arbres. — Voilà ce que c'est...

— Mais Ganus a dit...

— Oh oui, Ganus ! — Il lui serra le bras un peu plus fort. Il était prêt à tout promettre. Ernie et Joe ouvraient la portière. — C'est dur de trouver du travail en ce moment, Kathyanne, mais ça ne devrait pas tarder. J'y penserai, vous pouvez compter sur moi ; qui sait, ça peut se présenter demain ou après-demain. Ça peut se trouver.

— Pourquoi me demandez-vous de vous rendre un service, monsieur Roy ?

— Eh bien, je vous en ai rendu un, il n'y a pas bien longtemps, Kathyanne, et je croyais que vous auriez un peu de reconnaissance.

— Quel service, monsieur Roy ?

— Je vous ai fait sortir de prison, il y a quelques semaines seulement.

— C'est le juge qui m'a fait sortir, monsieur Roy.

Elle essayait de s'échapper et il dut l'agripper à deux mains.

— Oui, mais le juge vous a laissé partir parce que j'ai payé l'amende, Kathyanne.

Il commença à l'attirer de force vers la voiture.

— J'ai entendu Will Hanford en parler à la poste, et je me suis arrangé avec lui, et j'ai envoyé l'argent avant la séance. C'est moi qui ai payé les vingt-cinq dollars.

— Vous auriez mieux fait de ne pas les payer, monsieur Roy.

— Pourquoi ?

— Parce que, ce soir, vous n'essaieriez pas de me faire monter de force dans cette auto. — Elle se débattait. — Je vous hais ! tous les blancs ! Pourquoi ne courez-vous pas après les blanches et ne nous fichez-vous pas la paix ?

Joe et Ernie se précipitèrent.

— Minute ! Bon Dieu, attends un peu !

Roy fut soulagé d'être dégagé de cette responsabilité. Ernie fit entrer Kathyanne de force dans la voiture, s'engouffra à sa suite et claqua la portière. Roy se mit au volant. En mettant le contact, il se demanda ce que Kathyanne pouvait penser de lui. Elle ne disait pas un mot, et ce silence le blessait beaucoup plus que les injures qu'elle aurait pu lui lancer.

Ils avaient fait plusieurs centaines de mètres vers la sortie de la ville quand Joe lui frappa sur l'épaule.

— Marche arrière, Roy ! dit Joe en mâchant son bout de cigare.

Roy aurait voulu aller jusqu'au camp de pêche à quinze kilomètres de la ville, et en vitesse, encore !

— Qu'est-ce qu'il y a, Joe ? dit-il en lâchant l'accélérateur.

— Faut qu'on retourne à l'hôtel chercher des bouteilles pleines. Ernie a tout sucé.

La bouteille vide lui frôla la tête, passa par la glace de portière ouverte et alla éclater en gerbe sur la chaussée. Roy fit demi-tour sur place, et les conduisit jusqu'au Pineland, en évitant de passer par Peachtree Street. Il ne tenait pas à ce qu'on le voie avec une mulâtresse dans sa voiture, un samedi soir en pleine ville. Il se gara dans un coin mal éclairé derrière l'hôtel. Il coupa le contact et éteignit les phares. Joe monta dans la chambre chercher deux bouteilles de whisky.

Affaissé sur son siège, Roy se demandait ce que dirait sa femme si jamais elle apprenait cela. Ernie lui donna un grand coup douloureux sur l'épaule.

— Roy, mon copain, mon frère. Quand je pense que j'ai douté de toi ce soir ! Mais pourquoi que tu l'avais pas dit aussi ? Tu veux que je te dise ? J'aurais pas fait mieux ! Mais tu peux dire que tu nous as fait faire des cheveux, à moi et à Joe. Mais, chapeau ! Tu fais bien les choses, ma vieille, quand tu t'en mêles. J' parie qu'il y a un mois que tu prépares ça, pas vrai, Kathyanne ? Je te comprends, tu t'es dit : « Ces gars-là, ils aimeront mieux avoir une gentille petite poupée dans leur dodo un samedi soir, plutôt que de venir à la maison dimanche midi, à s'emmerder à cent sous de l'heure à ne pas dire de gros mots devant ma femme », hein, Blount, c'est ce que tu t'es dit ? Eh bien, si tu veux, mon avis, t'es un directeur d'usine au poil. Tu veux que je te dise, hein ? Eh bien, l'usine, elle sera à toi, oui à toi, si tu continues. L'échelle du succès, qu'il faut prudemment gravir à la sueur de son front, échelon par échelon, elle est à toi aussi ! Tu montes, tu montes et je suis fier d'être au nombre de tes amis. Toi, tu peux encore m'en apprendre une ou deux dans cette foutue existence. Tu vois, s'il n'y avait pas des types au poil comme toi, l'huile et le tourteau n'auraient pas plus de charme qu'une pucelle enfermée dans une fermeture-Eclair coincée. Pas vrai, ma vieille ?

— T'as raison, Ernie. »

Et Roy s'affaissa un peu plus sur son siège.

*Troisième partie*

# FIN D'AUTOMNE

# IX

Depuis huit heures du matin, Ganus poussait sa petite voiture grinçante dans le froid de ce matin d'automne. Il s'arrêtait à toutes les portes, et faisait sonner sa petite cloche de bronze. Quand arriva midi, il était presque arrivé au bout de Woodbine Street, à l'ouest de la ville.

Il y avait longtemps que les trottoirs avaient cessé, et un peu plus loin on voyait les tiges brunes et déchiquetées du coton de la dernière récolte, la campagne et l'argile rouge des champs. Les dernières maisons étaient en vue. Il courba le dos et se remit à pousser sa voiture.

Il s'arrêta, prit la cloche dans la charrette, et commença à sonner, sur un rythme lugubre de glas. Il était là, dans le milieu de la rue et frissonnait sous le vent froid et humide qui descendait du Piedmont au Nord, en passant sur les collines d'argile et les crêtes de sable sous le ciel plombé, et venait coller sa combinaison rapiécée contre ses jambes.

— A la glace ! A la bonne glace ! cria-t-il d'une voix mélancolique.

Les bras serrés contre la poitrine pour se tenir chaud, il regardait l'affreuse bâtisse grise, mais personne ne se montrait à la porte. C'était une baraque couverte en bois, sans étages, qui comportait peut-être cinq pièces, avec, de chaque côté du perron des aloès poussiéreux tout recroquevillés faute d'entretien. De la cheminée de la cuisine sortait une fumée de bois toute bleue que le vent emportait vers le sud, mais c'était le seul signe de vie qui se manifestât. Il se demanda si madame Kettles était chez elle. Au bout d'un moment, il arrêta son glas funèbre et remit la cloche dans la voiture.

Il alla jusqu'à la barrière, mit ses mains en porte-voix autour de sa bouche et poussa son cri morne.

— A la bonne glace ! — Il attendit, la tête penchée, que se manifeste quelque signe de vie à l'intérieur, puis il reprit sa mélopée. — A la bonne glace ! A la bo-onne-gla-ace !

Il reprit courage en voyant bouger un des rideaux, puis paraître un visage de femme. Il ouvrit la barrière, et reprit avec insistance.

— A la bo-onne gla-ace !

A ce moment, la porte s'entrebâilla de quelques centimètres, et il vit madame Kettles le regarder. Kitty Kettles pouvait avoir vingt-trois ans, et été comme hiver, elle faisait peu de frais de toilette. Pendant les chaleurs, elle se promenait dans la maison vêtue seulement d'une blouse et d'un soutien-gorge. Mais, elle avait déjà endossé sa tenue d'hiver : un jupon mauve tout chiffonné, et, pour remplacer le soutien-gorge, un tricot vert-émeraude qui la moulait et mettait en relief une paire de seins remarquables par leur forme et par leur volume. Elle quittait peu sa maison, mais, quand elle sortait en ville, elle laissait muets de surprise les hommes d'Estherville qui n'avaient pas l'habitude d'une semblable attraction. Certains se souvenant brusquement d'avoir oublié de passer à la poste ou au drugstore, retournaient sur leurs pas et la suivaient pour se convaincre que son extraordinaire silhouette était bien le fait de la nature. Invariablement, d'ailleurs, Kitty se mettait en colère et dans un langage qu'on n'entendait pas souvent à Estherville, injuriait les petits garçons qui, la bouche ouverte, lui faisaient une conduite. La réaction de la plupart des femmes mariées, lorsque leurs maris leur rapportaient une fidèle description du phénomène, était ou très sceptique ou sarcastique. Ses cheveux raides, d'un blond pâle, avaient toujours l'air mal peignés, et sauf dans la rue, elle les laissait volontiers lui retomber sur les yeux.

Kitty était presque toujours seule, parce que Levi Kettles était généralement en route, en train de livrer du coton aux usines de Clearwater ou d'Augusta, sur son camion-remorque. Alors, elle restait au lit des journées entières, à lire des magazines d'amour ou de confessions véridiques.

Un jour qu'il transportait du coton, Levi l'avait vue dans une halte près de l'usine, et après avoir livré son chargement, il était revenu vérifier s'il avait rêvé ou s'il s'agissait bien d'une réalité tangible. Au deuxième examen ce fut tout aussi stupéfiant. De son côté, Kitty le trouvait beau garçon, et il n'avait pas été trop difficile de la persuader de partir avec lui. Au bout d'une demi-heure de plaisanteries et de promesses qu'il n'avait pas l'intention de tenir toutes, elle avait fait sa valise, laissé un mot à ses parents aux bons soins d'un voisin, et elle était partie avec lui dans la cabine du camion. Cela faisait deux ans qu'ils vivaient ensemble, et malgré ses instances, Levi n'avait pas l'air pressé de tenir la promesse qu'il avait faite de l'épouser. On avait bien le temps de faire de la paperasse ! Grand, fort et brutal, Levi avait atteint la trentaine et n'avait pas l'habitude d'être contredit par les femmes. Dès le début, Kitty s'était dit que, même s'il la maltraitait, elle serait bien mieux avec lui qu'à l'usine comme bobineuse. Ses parents l'avaient mise à l'usine à treize ans, et depuis ses dix-huit ans, elle attendait l'occasion de s'évader de cette vie. Elle trouva donc qu'elle avait de la veine d'avoir attiré l'attention d'un homme comme Levi, et d'avoir été assez désirée pour qu'il l'emmène. Malgré tout, elle se sentait seule, et elle pleurait dans son lit plusieurs fois par jour.

— A la bonne glace ! répéta Ganus, en la voyant dans l'entrebâillement de la porte, qu'elle ouvrit un peu plus grande.

— Mais qu'est-ce que tu vends donc, Ganus ?

— J'essaie de vendre de la glace aux gens, mademoiselle Kitty.

— Par ce froid de canard ?

— Ben oui, mais personne n'a l'air d'en vouloir. Vous n'en voudriez pas, vous, par hasard, mademoiselle Kitty ?

— Oh non, pas par ce temps de sauvages ! Tu ne peux pas trouver autre chose à vendre ?

— J'ai bien rempli un seau avec des vers de terre que j'ai bêchés dans la cour chez nous, et j'ai essayé d'en vendre pour la pêche, mais depuis qu'il fait froid, personne n'y va plus. Alors j'ai fait un grand trou, et je les ai remis dedans pour les retrouver l'année prochaine.

Une rafale glaciale vint heurter le pignon de la maison et s'engagea en sifflant dans l'allée. Il se mit les bras sur la poitrine et elle frissonna.

— Vrai, Ganus, t'as l'air à moitié gelé, fit-elle en

secouant la tête. Ça me fait mal de voir quelqu'un tout seul et qui a froid, par un temps infect comme aujourd'hui, un vrai temps à accrocher un glaçon au nez d'un banquier. T'as donc pas de gants à te mettre ?

— Non, Madame. — Un frisson convulsif le secoua tout entier. Il s'attendait à la voir fermer la porte, et après, il n'aurait qu'à faire faire demi-tour à sa charrette, et à recommencer à pousser.

— Pour sûr, mademoiselle Kitty, qu'il fait froid aujourd'hui. J'ai idée que j'ai jamais eu si froid de ma vie. Jusqu'aux os que j'ai froid.

Kitty ouvrit un peu plus grande la porte, et regarda dans la rue, pour voir s'il ne venait personne. Depuis une demi-heure il n'était passé que Ganus.

— Comment ça va, ces temps-ci, mademoiselle Kitty ? demanda-t-il avec l'espoir qu'elle allait continuer la conversation. Ça va bien en ce moment ?

Elle le regarda un bon moment sans répondre.

— Pas mal, Ganus, mais se bond'la de temps tuerait riches et pauvres.

— Pour sûr, mademoiselle Kitty. Vous voulez pas un peu de glace ?

Du regard, elle remonta encore Woodbine Street. Ganus se mit à claquer des dents.

— J'en veux pas de ta bon dieu de glace. Mais tu peux entrer dans la cuisine te réchauffer si tu en as envie. Il fait plus froid ici que par un trou de cabinets en haut d'une colline dans une tempête de neige.

— Je voudrais bien, mademoiselle Kitty, mais...

— Mais quoi ? demanda-t-elle avec impatience, les bras serrés contre ses seins énormes. Qu'est-ce qui te prend, Ganus ? Moi, je croyais que t'avais envie de te sortir de là.

Ses dents s'entrechoquaient avec une violence incontrôlable. Il regardait stupidement le tricot vert.

— Oui, Madame, mais...

— Allons, reste pas là dehors à te geler. Bon Dieu, arrive un peu te chauffer les fesses. Tu me fais froid rien qu'à te regarder !

Résolument, il fit non de la tête.

— Sûr que je voudrais me réchauffer, mademoiselle Kitty, mais je ne veux pas avoir d'ennuis. J'en ai déjà eu ma part, et j'en veux plus. Bien sûr, ça ne serait pas de votre faute, mais dès que je ne fais pas attention, les embêtements rappliquent. C'est vrai, mademoiselle Kitty.

— Je ne sais pas de quoi tu causes, dit-elle vexée. Moi, je cherche seulement à ce que tu te réchauffes. Ça me fait mal de voir un être humain dehors un jour comme aujourd'hui.

— Vrai, vous ne voudriez pas un peu de glace ?

— J' t'ai déjà dit que non ! Mais viens par la porte de la cuisine, je vais t'ouvrir.

— Sûr que ça ne fait rien ? Je veux dire, ça ne va pas mal tourner ?

— Boucle-la, Ganus, et entre, puisque je te le dis.

Dès qu'elle eut fermé la porte, il regarda dans la rue. Il n'y avait personne en vue. Puis il fit le tour de la maison en courant. Elle n'avait pas encore ouvert la porte ; il attendit sur le seuil en frottant ses doigts gourds.

Quand elle ouvrit, il se baissa, les mains et les genoux presque au plancher, et passa devant elle avec un mouvement souple qui le tint hors de portée du tricot vert, dans l'étroit passage. Il sentit le froid quitter sa peau, dès que la chaleur du poêle passa au travers de ses vêtements minces.

— Bon, mets-toi là, et attends le dégel, dit-elle avec l'air de le gronder pour être sorti par un tel temps. — Mais, fais donc comme je te dis ! Et puis tu ferais bien de trouver des gants, et un bon pardessus, pour sortir par ce temps-là.

— Oui, Madame.

Il la regarda ouvrir le foyer et y pousser du bois. Les épaules remontées, il s'accroupit près du poêle et se frotta les mains. Quand elle en eut fini avec le feu, elle s'assit sur une des chaises de cuisine. Il regardait droit devant lui, et essaya de ne pas jeter de coups d'œil dans sa direction, après avoir remarqué que son jupon mauve remontait quand elle croisait les jambes.

— Le bon Dieu m'est témoin que ça m'a fait de la peine de te voir dehors dans la rue. Je me suis dit, voilà un pauvre gars qui va geler, les fesses et le reste. Moi je ne peux pas voir souffrir les gens. Ça me fait mal en dedans. Aussi loin que je me souviens, j'ai toujours été comme ça, pour tout le monde, riche ou pauvre, quand c'est quelqu'un que je peux aider. Il y en a qui disent que ça vous amène que des ennuis, mais moi, j'aime ça. Ça me fait du bien, à moi, de donner aux gens quand ils ont besoin. Riche ou pauvre, pareil. Je suis comme ça, tu comprends, Ganus.

— Oui, Madame. — Il n'était pas tranquille. Il regrettait un peu de n'être pas resté dans la rue au lieu de l'écouter. Il ne pouvait s'empêcher de songer à ce qu'il lui était arrivé le jour où il avait commis l'erreur d'entrer chez Vernice Weathersbee. Au bout d'un instant, il demanda : « Mademoiselle Kitty, où est monsieur Levi ?

— Levi ? Oh, je n'en sais rien, répondit-elle avec indifférence. Tout ce que je sais, c'est que ce cochon-là est en train de conduire sa saloperie de camion quelque part sur les routes. S'il n'est pas en train de courir les filles quelque part.

Cette réponse le surprit et il dut attendre quelques instants.

— Quand revient monsieur Levi, mademoiselle Kitty ?

— Comment veux-tu que je sache ? Je n'attends jamais ce fils de garce avant de le voir arriver. — Elle haussa les épaules et eut un rire bref. — Tout ce que je peux dire, pourtant, c'est qu'il ne sera pas là longtemps. Il n'y a qu'une chose qui l'intéresse, c'est ce bon dieu de camion-remorque, et de la route !

Elle alluma une cigarette et rejeta la fumée avec énergie.

— Tu te réchauffes ?

— Oui, mademoiselle Kitty. Vous êtes gentille. — Il s'enhardit jusqu'à se détourner et la regarder rapidement. — De toute la matinée, il n'y a personne qui m'ait dit d'entrer me réchauffer. On dirait que la plupart des gens se fichent bien si les noirs ont froid dehors. Je suppose qu'ils n'aiment pas me voir chez eux.

— Qu'est-ce que tu as vendu comme glace aujourd'hui ?

— Rien du tout, mademoiselle Kitty. Mais, madame Upshaw, la dame dans la petite maison rouge d'Oak Street, près de l'église baptiste des blancs, m'a donné un quart de dollar pour que je lui casse du bois. C'est tout ce que j'ai gagné aujourd'hui. — Puis, comme se parlant à lui-même, il continua : On dirait que j'ai autant de mal à faire dix *cents* qu'un dollar. Ça va vraiment mal depuis l'été dernier.

— Je croyais que tu avais une bonne place chez

m'a regardé en face et j'ai bien vu. Moi, je ne tiens pas à ce qu'ils sachent ça chez moi. Ils ne me laisseraient plus aller au ciné. Je rentre, j'ai les foies.

Tommy l'attrapa par le bras et le secoua.

— Alors, quoi, Jimmy, t'es pas fou ? Elle ne va pas te dénoncer parce qu'une fille de couleur ne peut pas dénoncer un blanc. Il n'y a que les blanches qui font des trucs comme ça. Tu sauras ça par toi-même un de ces jours. Maintenant, si tu essaies de te cavaler, c'est moi qui irai tout raconter à tes parents. J'irai leur dire que c'est toi qui nous as entraînés ici au lieu d'aller au ciné comme on voulait. Qu'est-ce que t'en dis ? Alors tu ferais mieux de rester ici.

Tommy écarta Jimmy et se retourna vers Kathyanne. Les autres approchèrent.

— Qu'est-ce que les blancs veulent tout le temps ? dit Todd.

Elle ne répondit pas.

— Des clous que t'en sais rien. Fous-toi à poil !

— Ta gueule, Todd. T'arranges rien.

Todd se mit à rire. « Pourquoi que tu ne fais pas un discours, Tommy ? Un postillonneur comme toi, tu ne devrais pas avoir de mal à arriver à tes fins. Vas-y, fais-lui un sermon, tu verras bien. Il eut un rire de mépris. Bon dieu, si elle veut pas se foutre à poil, moi je lui arrache ses frusques ! Vous pensez bien que la fille, elle ne tient pas à ce qu'elles soient déchirées. Alors à quoi ça sert de perdre du temps en discours. Si tu as peur, tire-toi de là et laisse-moi te montrer. Moi, je ne suis pas venu ici pour entendre un gars comme Blackburn faire un discours. Va chercher le shérif si t'en as envie.

Il écarta Tommy.

— Toi, j'aime mieux te dire que je vais tout t'arracher si tu ne l'enlèves pas toi-même. Alors, grouille-toi ! Tire-toi de là, Tommy Blackburn, je sais ce que je fais ! » Il se baissa et saisit la robe blanche à deux mains. « Grouille, ou je l'arrache !

Kathyanne hésita un instant, puis on vit son corps doré dans la pénombre. Todd fut le premier à parler.

— Hein, je vous l'avais bien dit ! A quoi bon discuter la moitié de la nuit ?

Jimmy cherchait à atteindre la porte. Tommy le vit juste à temps et le rattrapa.

— Pourquoi que t'essaies de te cavaler comme ça, Jimmy ? T'as jamais vu une fille à poil ?

— Je ne sais pas. » Jimmy tremblait, et Tommy le secoua. « Je te jure, je ne sais pas, vrai, je ne sais pas !

— Alors pourquoi essaies-tu de te cavaler ?

— J'ai peur de regarder.

— T'as vu ta sœur à poil, pas vrai ?

— Oui, mais c'est pas la même chose.

— Penses-tu, elles sont toutes pareilles. Arrive ! D'une bourrade, Tommy renvoya Jimmy à l'intérieur.

— M'oblige pas à regarder, je ne veux pas ! » Tommy lui tordit le bras pour l'empêcher de s'enfuir. « Fais pas mal ! Laisse-moi m'en aller, je ne veux pas regarder, j'ai peur ! Si tu me laisses partir, je te promets que je ne dirai rien.

— Tu ne crois quand même pas que je vais risquer ça, dit Tommy, en l'entraînant de force au milieu des autres. T'entends ! Tu restes ici !

— Avant, fais-lui promettre, fais-lui jurer qu'elle ne va pas me dénoncer. Je ne veux pas que mes parents sachent. Mon père me taperait dessus, s'il apprenait ça. Je sais bien, il m'a assez dit de ne pas toucher aux filles de couleur. J'ai promis, alors...

— Ta gueule, Jimmy Pugh ! dit Lance. Je te croyais trop grand pour chialer comme ça. D'abord, personne ne saura rien si tu la fermes. Mais à faire tout ce boucan, il n'y aurait rien de drôle à ce que ton père le sache.

Todd se vanta : « Moi, si mon vieux l'apprenait, il hurlerait parce qu'on ne lui a pas demandé de venir.

— Je sais bien que le mien court les filles de couleur, dit Jake, et rien que les chouettes encore. Je l'ai vu faire. Une fois il en a pris une dans la rue et il l'a enfermée dans sa boutique la moitié de la nuit. Ma mère a su ça ! Tu parles si elle l'a engueulé, à faire tomber le plafond, jusqu'à ce qu'il se mette à genoux et lui promette un manteau avec un col de fourrure. Ça ne l'a pas retenu longtemps, seulement, maintenant il se méfie.

Jimmy échappa tout à coup à la surveillance de Tommy et s'agenouilla brusquement à côté de Kathyanne. Elle eut l'air aussi surpris que les autres. « Qu'est-ce qu'il y a, Jimmy ? » Il essaya d'essuyer les larmes qui roulaient le long de ses joues pour ne pas que les autres les voient.

— J'ai peur, Kathyanne, sanglota-t-il, s'approchant d'elle autant qu'il pouvait. Je ne voulais pas venir. Je leur ai dit, mais c'est Tommy Blackburn qui m'a obligé. Il a dit qu'il me dénoncerait tout pareil si je ne venais pas.

— Non mais, regardez-moi ça ! Qu'est-ce qu'il fait ?

— Il a peur dans le noir et cherche sa nounou. Vise un peu !

Kathyanne mit un bras protecteur autour des épaules de Jimmy. « Il est trop petit pour sortir le soir avec des grands. » Son reproche s'adressait surtout à Tommy Blackburn. « Il est trop petit pour ça et vous les grands, vous devriez avoir honte de l'obliger à venir.

— Il a quinze ans. Lance Clotworthy a quinze ans, lui aussi, mais c'est pas lui qui irait faire le bébé comme ça.

— Ça ne fait rien, Jimmy est trop petit quand même.

Jimmy n'essayait plus de cacher ses larmes.

— S'il vous plaît, Kathyanne, ne dites rien chez moi. On s'est toujours bien entendus, et quand vous travailliez chez nous, j'ai toujours été gentil avec vous, pas vrai ? Maman était mauvaise, mais pas moi. Vous ne direz rien, Kathyanne ?

Maternellement, elle lui donnait de petites tapes sur l'épaule, mais ne répondait pas.

— C'est Tommy et Jake qui m'ont fait venir ici. Moi je ne voulais pas mais ils ont dit que je pourrais les moucharder si je ne venais pas. C'est eux qui m'ont obligé.

Tommy l'empoigna par le bras et l'écarta brutalement.

— Bon Dieu, je ne savais pas que tu étais une pareille poule mouillée. C'est la dernière fois que je t'emmène, je te jure.

— Je veux rentrer chez moi !

— T'aurais bien dû rester chez toi à sucer un sucre d'orge !

Le rayon brutal d'une lampe électrique jaillit soudain. Personne ne bougea. La clarté éblouissante fit lentement le tour du hangar, révélant un instant l'expression terrifiée de chacun des garçons. Finalement, elle vint illuminer la nudité luisante de Kathyanne.

Quelqu'un chuchota : « Qu'est-ce qu'on va prendre maintenant ! J'aurais mieux fait d'aller au ciné. »

Derrière eux retentit une voix forte qu'ils connnais-

Daitch. Pourquoi as-tu lâché du chic boulot comme ça ?

— C'est à ce moment-là que ça a commencé à mal aller. Mais, je n'ai pas exactement lâché la place. — Il regardait le dessus du poêle d'un air triste. — Je faisais de mon mieux pour la garder, mais il m'est arrivé des ennuis, et un après-midi, je n'ai pas fini mon travail, et le lendemain quand j'y suis allé, monsieur Daitch m'a dit qu'il avait pris un autre livreur, parce que je l'avais laissé tomber tout un après-midi. Le docteur English l'a su, et il est venu me reprendre ma bicyclette. Et tout ça parce qu'un jour, je suis allé livrer de l'épicerie chez madame Weathersbee ! On dirait que la poisse me cherche tout le temps. Moi, je ne cours pas après les ennuis, mais eux, ils me trouvent toujours avant que je puisse me défendre. C'est la vérité du Bon Dieu, mademoiselle Kitty. Je devrais pas vous dire ça à vous, mais c'est toujours les blancs qui commencent. Tenez, ma sœur cherche une place depuis le début de l'été, mais les blancs ne veulent pas lui ficher la paix, et elle a peur de les dénoncer quand ils lui courent après. Il y a même un blanc qui l'a laissé avec un gosse, et elle ne veut pas le dire non plus. Les choses ont l'air d'aller de plus en plus mal depuis qu'on est arrivés l'année dernière pour vivre chez tante Hazel. Je crois bien que ça ne servirait à rien de nous plaindre, ça ne ferait que d'aller plus mal à la fin. Moi, je cherche une place, mais il n'y a pas de moyen d'en trouver. Alors, ce matin, je me suis mis à vendre de la glace. Sans doute, je suis mal tombé, avec le temps. Les gens ont autant de glace qu'ils en veulent en laissant une casserole d'eau dehors.

— Quand est-ce que tu manges, alors, quand tu n'as pas de travail ?

— On mange pas toujours comme il faudrait, mademoiselle Kitty.

— T'as faim ?

— Sûr que j'ai faim, mademoiselle Kitty. Je ferais n'importe quoi pour avoir quelque chose à manger. Je vous casserais bien tout votre bois. Et si je pouvais emporter un peu à manger pour Kathyanne et tante Hazel. Elles ont rudement faim des fois.

Kitty se leva.

— Je ne savais pas que ça allait si mal, Ganus ; c'est honteux ! Mais personne ne devrait avoir faim, devrait y avoir assez à manger pour tout le monde ! Ça pouse assez dans les champs ! T'as l'air si maigre ! Il y a des patates douces dans le four et je vais te griller de la saucisse. Je ne peux pas supporter de voir quelqu'un qui a faim, blanc ou noir.

Il l'éloigna du fourneau d'un geste rapide.

— Je vais le faire, madame Kitty, laissez-moi faire la cuisine. Allez vous asseoir à votre aise et ne vous en faites pas, je vais tout arranger au poil.

Il enleva son tricot, et s'attacha un torchon autour de la taille. Quittant la cuisine, Kitty s'allongea sur son lit et se mit à lire. Ganus se déplaçait sans bruit dans la cuisine, et au bout d'un quart d'heure, il frappa à la porte.

— Mademoiselle Kitty, tout est prêt, c'est chaud, dit-il avec un large sourire. J'ai fait du bon café et j'ai mis des biscuits à chauffer. J'ai trouvé un pot de fraises dans l'arrière-cuisine. Alors, si vous voulez venir à table, vos patates douces et la saucisse sont prêtes.

Elle entra dans la cuisine et, à sa grande surprise, vit qu'il avait mis une nappe blanche par-dessus la toile cirée tachée. Les verres brillaient, et il avait trouvé une serviette blanche Dieu sait où, et l'avait pliée sur son assiette. Elle n'avait jamais vu une table si accueillante. Elle avait toujours été habituée aux tasses et aux assiettes qu'on met n'importe comment devant les chaises. Et quand Ganus lui avança sa chaise au moment où elle s'asseyait, elle se souvint d'avoir vu la même chose au cinéma. Sans un mot, elle se pencha en avant et se mit à manger la saucisse, les patates et les biscuits. Ganus se servit et s'assit sur le coffre à bois, derrière le fourneau, puis il se mit à manger d'un air affamé. Vers le milieu du repas, elle remarqua qu'il la regardait d'un air soucieux.

— Qu'est-ce qu'il y a, Ganus ?

— Mademoiselle Kitty, où vous avez dit qu'il était, monsieur Levi ? demanda-t-il, comme s'il n'avait cessé de réfléchir à sa première réponse.

— Oh ! Dieu seul le sait, dit-elle en regardant par la fenêtre la cour encombrée d'ordures. Tout ce que je peux dire, c'est qu'il est là quand il arrive, et pas pour longtemps. Juste le temps de roupiller un peu, manger et se changer. Puis il s'en retourne pour trois jours, quatre jours, ou une semaine, ça dépend. S'il arrive à minuit il repart vers trois ou quatre heures du matin faire un nouveau chargement. Il y a des fois où je râle. Je suis là toute seule, mais il ne veut rien entendre. Tout ce qu'il sait dire c'est : « Ferme-la, bouge pas et attends que je revienne. » C'est toujours pour la prochaine fois, le salaud !

Elle s'arrêta et regarda Ganus : elle avait enfin trouvé quelqu'un à qui parler des sujets qui lui occupaient l'esprit, depuis si longtemps.

Solennellement, Ganus hocha la tête, en se demandant pourquoi elle lui racontait tout ça, à lui.

— Oui, mademoiselle Kitty... dit-il en voyant qu'elle continuait à le regarder.

— Dieu sait si j'ai quelquefois le bourdon à attendre. Tu parles si c'est drôle, avoir envie d'un homme, et savoir qu'il est pas là, pas là au moment où on en a le plus envie. Et puis, quand il rentre, rien, la grève les trois quarts du temps, il est déjà claqué. Il y a toujours une bonne femme à Augusta ou ailleurs le long de la route qui se l'envoie avant moi. Alors tu parles ! Moi, j'ai pas été habituée à ça. Avant, c'étaient les hommes qui me couraient après, et maintenant c'est moi qui suis obligée d'attendre que ça le démange. C'est une honte pour n'importe quelle fille ! Bien sûr, ce que je devrais faire, c'est ficher le camp, mais je l'ai dans la peau, ce cochon-là. Ça me fait comme un courant électrique quand il arrive et il me regarde du haut en bas. Je te jure ! C'est comme si un paquet de glace me tombait dessus, mais en même temps ça me fait chaud, je peux pas te dire. Alors, j'ai plus envie de partir. Le reste du temps, je pourrais aussi bien être chez les bonnes sœurs. Mais, qu'est-ce que tu veux, je ne sais pas quoi faire : on sait ce qu'on quitte, mais on ne sait pas ce qu'on retrouve, les hommes peuvent être tellement vaches ! Ils se mettent à plat ventre devant une fille et la traitent comme une reine, mais dès que ça ne les tient plus, ils lui refont des vacheries, jusqu'à ce que ça recommence à les démanger. Les salauds, ils sont tous pareils, et c'est pour eux qu'on rate sa vie, tous des menteurs, des égoïstes et des radins. Bon Dieu, si je pouvais me passer d'homme ! mais il n'y a pas moyen. Qu'il s'en amène un avec des idées, et que ça me prenne moi aussi, ça ne rate pas !

Elle regarda Ganus dans les yeux.

— Je crois que c'est ça le malheur avec moi. Les hommes peuvent faire de moi ce qu'ils veulent.

Sans répondre, Ganus s'affaira autour des assiettes.

Il ne dit rien avant d'avoir terminé la vaisselle. Puis il s'assit sur le plancher entre le mur et le coffre à bois.

— Sûr que ça serait épatant si tu pouvais rester ici à faire le travail, Ganus. Ça serait chic de t'avoir pour la cuisine et le ménage. Oui, mais lui, il ne marcherait pas, même si tu travaillais pour rien. Il est comme ça. » Elle se leva et se dirigea vers la porte. « L'enfant de salaud ! » dit-elle d'une voix cassée, et elle sortit.

Elle alla se mettre au lit, et recommença à lire. Dès qu'elle fut partie, Ganus s'étendit à côté du coffre à bois et s'endormit. Au bout d'un certain temps, Kitty vint voir la raison de ce silence. Elle alla chercher une couverture et l'étendit sur lui. Puis elle retourna pleurer dans son lit.

Il était à peu près cinq heures quand elle entendit un camion entrer en grondant dans la cour. Elle se leva d'un bond et alla à la fenêtre. C'était bien Levi. Elle était si contente qu'elle en oublia Ganus. Elle attendit son entrée, mais au lieu de passer par la porte de devant, il fit le tour par la cour. Quand elle se souvint de Ganus, il était trop tard pour le faire sortir. Elle sortit en courant de sa chambre au moment précis où Levi ouvrait la porte de la cuisine. Elle fit un pas en arrière, espérant qu'il la suivrait, mais il l'attrapa par le bras. Elle eut le temps de jeter un coup d'œil derrière le poêle, et elle fut soulagée de voir Ganus encore sous la couverture.

— T'as l'air en forme, Kitty, dit-il en l'attirant dans ses bras.

— Oh ! c'est chouette de te voir, Levi. Elle lui mit les bras autour du cou. J'ai pensé à toi toute la journée, et te voilà.

— On dirait que je tombe bien, gloussa-t-il.

— Mais, tu tombes toujours bien, mon Levi.

— Vrai ? Je me suis dit que cette fois j'allais revenir ôter mes chaussures pendant quelque temps. Tu sais, on en perd l'habitude, à être tout le temps sur la route.

— Alors arrive, que je te les enlève, dit-elle en l'attirant vers la porte.

Juste à ce moment, Ganus s'éveilla en sursaut, et avec un regard effrayé rejeta la couverture. Levi revint au milieu de la pièce.

— Eh ! dis donc, qu'est-ce que c'est que ce nègre ? » Ce n'était plus le même homme.

— Ça ? c'est Ganus Bazemore, Levi, dit-elle en essayant de ne pas s'affoler.

— Ouais, je sais, hurla-t-il. Ce que je veux savoir c'est ce que fait un nègre à dormir chez moi derrière le poêle. Alors, qu'est-ce qui se passe ?

— Il avait froid, Levi — plaida-t-elle en essayant de lui mettre les bras autour du cou. Il a fallu que je lui dise d'entrer se réchauffer, ça a été plus fort que moi. Je n'ai pas pu le laisser dehors à claquer des dents. Et puis après, il s'est endormi.

— Ouais ! — Il la repoussa d'une bourrade. Eh bien, écoute ! Un bon dieu de nègre n'a rien à foutre à entrer chez moi et à se croire assez bien pour y chercher un coin pour dormir. N'importe quel nègre, même le plus con devrait savoir ça. Si ce café au lait n'a pas plus d'idée, je te jure que je vais lui apprendre en vitesse !

Il alla derrière le poêle donner un coup de pied à Ganus.

— Sors d'ici, sale nègre, avant que je ne t'écrabouille la tête ! Enfant de salaud de café au lait ! Non mais ! Ça entre ici, pour rôder autour d'une blanche pendant que tu sais que je suis parti !

— Si tu rentrais un peu plus souvent, et faisais ce que tu as à faire, tu l'aurais pas trouvé ici.

— De quoi ? Qu'est-ce que tu racontes ? » Il était stupéfait.

Ganus se mit à trembler.

— Monsieur Levi, je ne sais pas de quoi veut parler mademoiselle Kitty, mais s'il vous plaît, tout ce que je voulais, c'était vendre un bout de glace. J'étais dans le froid depuis ce matin et...

— Ta gueule, nègre ! Pour ce que ça me fait, tu peux crever, dans ta glace. Et tu pourrais attendre qu'on te pose des questions.

Il secoua rageusement Kitty, dont les cheveux retombèrent sur la figure.

— Alors, qu'est-ce que c'est ? Qu'est-ce qui se passe ?

Kitty se mit à pleurer.

— Mais, rien, Levi, je te jure. Je ne disais ça que pour essayer de me venger parce que t'étais resté parti si longtemps. Ganus est venu, il a fait la cuisine, il a nettoyé et puis il s'est endormi. » Elle essaya de sourire à travers ses larmes. « C'est tout, Levi, et c'est vrai. Un gars qu'avait froid et moi j'y ai pas vu de différence qu'il soit noir.

— Un gars qu'avait froid, hein ? Elle est bien bonne, un gars qu'avait froid ! Alors, parce qu'il avait froid, on le retrouve vautré dans une maison où il y a une blanche. Moi, je les connais, ces café au lait ; ils sont après les blanches comme les canards après l'eau. » Il s'avança sur Kitty et elle recula jusqu'à la table, contre laquelle elle se trouva coincée. « Bon Dieu, il y a eu un temps où tu m'aurais fait croire n'importe quoi, mais plus maintenant. Ça ne me plaît pas, ton histoire. Une blanche n'a pas le droit de prendre le parti d'un nègre. Moi ça me fait mal de voir ça. »

Il se tut et, d'une gifle, l'écarta de la table. Elle se réfugia derrière une chaise, de l'autre côté de la cuisine. Elle ne pleurait plus, elle était en colère.

— Levi Kettles, faut que je te dise quelque chose : moi, j'ai pas d'amis et je ne vois personne, même pas les femmes du quartier, elles ne me causent pas, parce qu'elles savent qu'on n'est pas mariés ensemble. Alors, je reste ici dans cette cabane à lapins en attendant que tu rentres, et moi j'ai envie de causer avec quelqu'un. Je me fous qui c'est, un blanc ou un noir. Je ne peux pas supporter de rester toujours toute seule. Ce matin quand j'ai vu Ganus qui vendait sa glace dehors, a fallu que je lui parle, parce qu'il y avait personne d'autre. Tu ne rentres jamais assez longtemps pour faire les bricoles : il y a le toit qui fuit, la cour à nettoyer. Quand je pense qu'il faut que je casse mon bois. T'avais promis de m'épouser ; tu l'as jamais fait, espèce de menteur ! Depuis que tu m'as amenée ici, tu me traites comme une putain de Savannah, et j'en ai marre, je te préviens ! Je veux être traitée comme une dame. Et ça ne manque pas, les hommes qui me traiteraient comme une dame, si je les laissais faire. Je sais me débrouiller, et je pourrais choisir, si je voulais ! Et, je te jure il n'y en a pas un qui agirait comme toi. Eux, ils seraient gentils !

— Si j'avais pas été là, tu serais encore à faire la peau dans ton patelin.

— Peut-être, mais si je faisais la peau, ça serait comme une poule de luxe, et pas avec des gars de ton genre.

D'un coup de pied, Levi envoya promener la chaise, et se mit à cogner jusqu'à ce qu'elle s'affale dans un coin. Elle resta là, avec de petits gémissements. Il la regardait de toute sa hauteur d'homme debout.

— Il y a longtemps que je me demandais... Hein, tu m'as pris pour un con ? Comment que je peux savoir ce que tu fais quand je suis pas là ? Peux-tu répondre ? Tu pourrais me dire n'importe quoi, en jurant sur une pile de bibles, que je ne te croirais pas. Ta place, c'est dans un bordel avec les autres putains. Et crois pas que ça me gênerait de t'y mettre. Si je décide, tu pourrais bien t'y retrouver en vitesse.

Kitty se redressa sur son séant, et tenta d'essuyer les larmes sur sa figure. Ces menaces-là lui faisaient vraiment peur. Elle mit les bras autour des jambes de Levi et s'y accrocha désespérément.

— Non, Levi, s'il te plaît, ne me fais pas partir d'ici, je veux rester, je ne me plaindrai plus. Elle se mit à sangloter. Je te jure que c'est la première fois que Ganus entre dans la maison, et il n'y a jamais eu personne d'autre. Et il serait pas là s'il s'était pas mis à faire si froid dehors. Fallait que je m'occupe de quelqu'un, j'ai pas pu m'empêcher. Tu sais comme je suis, je n'y peux rien. Il était là dans le froid, qui claquait des dents, alors ça m'a vraiment fait quelque chose. Il y avait ça, et puis, fallait que je cause avec quelqu'un. Alors, j'ai pas pu m'empêcher de lui dire de venir se chauffer à la cuisine. Il voulait pas, parce qu'il avait peur, mais c'est moi qui ai insisté. Je te jure Levi, c'est tout ce qu'il y a eu. Je te jure ! Me fais pas partir où tu as dit ! Je t'en prie, Levi ! Fais pas ça ! Mon Dieu protégez-moi, le laissez pas me mettre dans un bordel. Je veux rester avec toi, Levi ! Je ne te quitterai jamais !

D'un coup de pied, il se libéra les jambes. Kitty était à genoux. Les mèches blondes devant sa figure étaient collées de larmes.

— Tu me crois pas, Levi ? Mais dis que tu me crois !

Il se retourna et la regarda d'un air indécis.

— Je te dis la vraie vérité, Levi. Tu sais bien que je te mentirais pas, hein, tu sais, Levi ?

— J' sais pas, dit-il d'un ton plus calme, en allant au poêle. Mais je saurai bien, j'ai des moyens.

Il alla au coffre à bois, et choisit une lourde bûche de chêne. Ganus le regardait faire d'un air apeuré.

— J'en ai pas fini avec toi, nègre ! Il n'y a qu'une façon d'apprendre une leçon aux négros quand on les prend à rôder autour d'une blanche, mais j'ai pas de temps à perdre pour le moment. Je te coincerai un de ces jours, si quelqu'un ne le fait pas avant moi. Tu verras ce que je te dis. Maintenant, fous le camp de chez moi et que je ne te revoie pas ! Mais n'essaie pas de quitter le pays ! Tu sais ce qui arrive aux nègres qu'essaient de se sauver.

Il rejeta le bras en arrière et lança la bûche. Ganus essaya de l'éviter mais elle l'atteignit en pleine poitrine.

— Oui, monsieur Levi — dit-il en se tenant la poitrine à deux mains et en essayant d'atteindre la porte sans recevoir un nouveau coup —, oui, je vais faire comme vous avez dit, monsieur Levi.

— Levi, ne cogne plus, cria Kitty. Elle se couvrit le visage de ses mains. Je t'en prie, Levi, je ne veux pas voir ça !

— Ta gueule ! J'en ai pas fini avec toi non plus, mais faut d'abord que je m'occupe de lui !

Ganus passa rapidement devant Levi et ouvrit la porte. Avant qu'il n'ait le temps de la franchir cependant, une autre bûche vint le frapper derrière la tête, et il roula au bas des marches. Il resta sur le sol à demi étourdi. Levi le regardait du seuil et lui lançait des injures. Dès qu'il put se remettre sur ses pieds, Ganus se mit à courir vers la rue.

# X

C'était un clair dimanche après-midi ; les rayons obliques du soleil venaient réchauffer le pignon de la vieille baraque. De temps en temps, une volée de moineaux, sur la clôture, pépiaient faiblement, et des rouges-gorges dans la haie se disputaient avec de grands bruits d'aile. Des gelées nocturnes, au début de novembre, avaient fait se faner les violettes dans la cour et desséché les coloquintes au-dessus du porche, mais un rosier vigoureux, protégé des vents du nord, et réchauffé par le fond de briques de la cheminée, restait vert et déployait au soleil des pétales veloutés d'un rouge rubis.

Plusieurs couples de jeunes gens, quelques-uns la main dans la main, tous habillés en grand dimanche, se promenaient depuis une demi-heure dans Gwinett Alley. Plus loin, au-delà des lotissements vides, un homme et une femme en guenilles se baissaient pour ramasser sur le ballast de la voie ferrée des glanes de charbon qu'ils mettaient dans des sacs de jute. De plus loin encore venait le tintement d'une cloche au cou d'une vache qui broutait quelques pousses dans une haie...

Le grand garçon noir et dégingandé, avec ses

pantalons de serge bleue bien repassés, des souliers jaunes astiqués et une veste de sport en tweed gris, remit l'harmonica dans sa poche. Cela faisait une demi-heure qu'il jouait. Ses airs, d'abord gais et rythmés, étaient devenus pleins de mélancolie. Il avait à peu près vingt ans, avec des muscles saillants, durs de travail, qui étriquaient son veston aux épaules. Ses cheveux noirs étaient taillés ras.

— Kathyanne, qu'est-ce que tu dirais, si tous les deux...

Il la regarda avec admiration et amour, comme s'il l'avait attendue toute sa vie.

— Dis, Kathyanne, pourquoi que tu te tiens à l'écart ? Pourquoi que tu me fais ça ? T'as jamais un mot gentil. Tu sais, t'es pas la bonne petite bonne femme que tu devrais être. Je ne suis pas le gars qu'il te faut ? Je serais gentil avec toi si tu me laissais faire. Il n'y a rien dans le grand monde que je n'essaierais pas de faire pour toi. C'est la vérité vraie.

Il voyait bien, que, tout en ayant l'air appliqué à sa couture, elle n'avait pas l'air de vouloir se fâcher. Il reprit un peu d'espoir, et approcha son long corps musclé.

— Qu'est-ce que t'en dis, Kathyanne. — Elle attendit un moment pour lui répondre avec un sourire.

— Tu ne penses pas ce que tu dis, Henry.

— Qu'est-ce qui te fait dire ça, Kathyanne ? protesta-t-il d'un ton plaintif. En dépit de ce qu'elle avait dit, il ne pouvait s'empêcher de la regarder avec amour. Le chaud soleil sur sa peau dorée était pour lui un éblouissemcnt, il avait envie de la prendre dans ses bras, et de la serrer fort, fort, à la faire crier de plaisir. C'était déjà incroyable d'être à côté d'elle, de la regarder et de l'aimer. Il pensait à ce dimanche après-midi depuis le début de la semaine. Et depuis qu'il était arrivé, il attendait l'occasion de lui dire qu'il ne pourrait pas y avoir d'autre fille dans sa vie. Il rapprocha encore un peu son fauteuil.

— Pourquoi dis-tu ça, Kathyanne ? comment peux-tu savoir ce que je pense et ce que je ne pense pas ? Dis un peu.

— Parce que je sais que tu ne le penses pas.

— Je ne comprends pas.

— Il y a des tas de choses que tu ne sais pas.

— Qu'est-ce que je ne sais pas ? Dis un peu.

— Attends un peu, et tu verras bien, Henry.

La sécheresse et la finalité de cette réponse lui firent mal. Depuis la fin de l'été, il faisait sa cour de son mieux et il se décourageait un peu de voir le peu de progrès qu'il avait l'air de faire. Il avait l'impression qu'elle était devenue, pour une raison qu'il ne comprenait pas, plus inaccessible qu'au début.

— Peut-être que c'est vrai, ce que j'ai entendu dire, — dit-il avec l'espoir de lui faire regretter ce qu'elle avait dit. — Ça m'en a tout l'air, — ajouta-t-il d'un air entendu, tout en regardant la figure lui changer. — C'est pas beau et ça m'a fait de la peine d'entendre ça.

— Qu'est-ce qu'on t'a raconté, Henry ?

Il se pencha en avant et, du bout du pied, traça des lignes sinueuses dans la terre humide. Il savait qu'elle le regardait avec inquiétude, et il avait bien l'intention de profiter de son trouble jusqu'au bout. Ce n'était pas cruauté consciente de sa part, mais quand même il sentait que sa détresse pourrait le servir. Il semblait absorbé dans l'étude des lignes qu'il avait tracées dans la terre. Un cycliste descendit Gwinett Alley en faisant sonner son timbre avec insistance. Henry regarda autour de lui d'un air égaré.

— Henry Beck, qu'est-ce qu'on a raconté sur mon compte ? L'insistance mettait une certaine âpreté dans sa voix.

Maintenant, il n'était pas pressé de répondre. Il prit le temps de se souvenir de tous ces dimanches après-midi qu'il avait passés en plaidoyers inutiles. Il y en avait assez pour attiser une rancune, en tout cas, elle pouvait bien souffrir un peu.

— Henry Beck ! dit-elle d'un ton sec.

Il se renversa dans le rocking-chair, et la regarda en face.

— Tous les gens de Gwinett Alley qui ne sont pas complètement sourds en ont entendu autant que moi. Peut-être que c'est vrai après tout que tu ne fais pas attention aux noirs, et que tu aimes mieux aller faire la fête avec les blancs. — Il était tout à coup en colère, et satisfait de se sentir tant de courage. — Qu'est-ce que tu cherches ? A passer pour une blanche ?

— Quel mensonge ! Tous ceux qui ont dit ça ont menti !

— Sais pas... » Il parlait lentement tout en regardant son visage. Il espérait bien que ce n'était là qu'un racontar, mais on l'avait si souvent répété ces derniers temps qu'il ne savait plus que penser. « On en a beaucoup dit, et pas toujours du joli. Doit y avoir des gens bien renseignés, ou alors, j'entendrais pas répéter ça partout quand je viens en ville. On dit qu'il n'y a pas eu un gars de couleur à sortir avec toi depuis que Ganus et toi vous êtes arrivés, il y a plus d'un an. Par contre, on raconte qu'on t'a vue partir la nuit en voiture avec des blancs en foire. Alors, pourquoi que tu fais ça ? Ceux de ta couleur sont pas assez bons pour toi ? T'es pas tellement blanche après tout. T'es bien, mais t'es quand même café au lait. Tu sais bien que les blancs d'ici ne te traiteront jamais comme une blanche. Et ils savent y faire contre les noirs qui ne se tiennent pas à leur place. Comprends-tu ça ? Tu dois être folle. Faut pas compter passer dans un patelin comme ici. Alors qu'est-ce que t'as Kathyanne ?

Elle aurait voulu se défendre, tout en sachant que ce qu'il avait dit était partiellement vrai. Mais, pendant que parlait Henry, elle avait vu Clyde Picquet ouvrir la barrière et entrer dans la cour. Clyde portait une petite serviette de cuir sous le bras et, quoique ce fût dimanche, elle savait pourquoi il venait. La serviette ne contenait rien d'important ; en fait, elle était le plus souvent vide ou bourrée de vieux journaux. Mais Clyde, par une longue habitude, s'était aperçu qu'elle faisait sérieux et qu'elle lui donnait la réputation de ne traiter que des affaires importantes.

Clyde était petit et mince. Il n'avait jamais dû peser plus de cent vingt livres. Il avait quarante-sept ans, des cheveux noirs clairsemés et une petite moustache grisonnante mais bien taillée. Dans sa jeunesse, il avait étudié le droit et avait été admis au barreau à vingt-cinq ans. Cependant, après avoir exercé quelque temps, il avait abandonné la profession pour devenir le directeur commercial de Sam Verdery. A l'époque, Sam Verdery était le riche propriétaire de plusieurs plantations, d'une demi-douzaine d'égrèneries de coton, et de trois des plus grandes scieries de Tallulah County. Il avait de plus accumulé un nombre considérable d'immeubles de rapport en ville. Clyde ne mit pas longtemps à se rendre compte qu'en fait il était à la fois comptable, secrétaire, avocat conseil, homme à tout faire et garçon de bureau. Mais avec les années, il hésitait de plus en plus à abandonner un fixe mensuel en échange d'une précaire clientèle à Estherville.

Le jour où Sam mourut, dans sa quarante-septième année des suites d'une indigestion de porc rôti en plein air, un quatre juillet chez le sherif, sa veuve, Effie Verdery, une femme à poigne, intraitable en affaires, avait vendu tous les biens en dehors de la ville pour liquider les dettes de Sam et avait demandé au tribunal l'application aux immeubles en ville de la « loi d'aide d'un an ». La « loi d'aide d'un an », comme on l'appelait, avait été rédigée de façon à donner à une veuve un titre immédiat aux biens de son défunt mari. Ceci, par voie de conséquences, lui donnait en quelque sorte une dot et encourageait des offres immédiates de remariage que personne n'aurait pensé à faire s'il avait fallu attendre les délais légaux de vérification du testament. Cette loi était d'un précieux secours pour les veuves qui prenaient de la bouteille, et une bénédiction pour celles qui auraient eu du mal à se remarier si quelque parent vindicatif avait attaqué les termes du testament et traîné l'affaire devant les tribunaux. Effie n'avait pas l'intention de se remarier ; elle ne voulait pas risquer d'avoir à nourrir un homme qui ne l'épouserait que pour son argent, mais elle s'était prévalue à la fois de la lettre et de l'esprit de la loi. Ensuite, elle avait ordonné à Clyde de doubler le revenu des immeubles. Pour obéir, et garder sa place, Clyde dut trouver des moyens pour augmenter les loyers, et en même temps menacer d'expulsion les locataires qui avaient plus d'un mois de retard ; de plus Effie lui avait dit qu'elle le tenait pour personnellement responsable de chaque dollar qu'il ne rapporterait pas, sans tenir compte des histoires lamentables que les locataires inventaient un jour ou l'autre. Il n'avait pas de mal à collecter l'argent des baux commerciaux, mais les immeubles de rapport étaient éparpillés en majeure partie dans le quartier sud, y compris dans le quartier nègre. Quelques locataires avaient la mauvaise habitude de ne jamais faire leurs versements à l'heure. Et puis, ils racontaient qu'il fallait de l'argent pour des remèdes ou d'autres choses indispensables. Depuis quelques années, Clyde était devenu une silhouette familière, et tous les jours que Dieu faisait, on pouvait le voir devant une porte obstinément close, cogner assez longtemps et assez fort pour qu'il soit inutile de faire semblant de ne pas l'entendre. Il avait appris à varier l'espacement de ses visites, parce que certains locataires qui s'attendaient à sa venue avaient pris l'irritante habitude d'aller rendre visite à des parents à la campagne le jour où il devait passer.

Kathyanne savait bien que ce n'était pas l'habitude de Clyde de faire ses visites le dimanche. Ce jour-là, il emmenait d'ordinaire sa femme et ses enfants faire une longue promenade en voiture. Mais Effie Verdery l'avait appelé au téléphone au moment où il allait se mettre à table, et lui avait dit de venir immédiatement. Il arriva à la maison blanche de Poinsettia Steet, pensant qu'Effie était tombée malade et voulait faire des changements à son testament. Il fut déçu et furieux de trouver qu'elle l'avait fait quitter son déjeuner du dimanche parce qu'elle avait été bouleversée par un passage du sermon du ministre baptiste. Clyde aurait voulu dire que la chose aurait pu attendre jusqu'à l'ouverture des bureaux, lundi matin, mais il ne pouvait pas se permettre de montrer sa colère, et apparemment, il resta aimable. Il fallut qu'il s'assît et écoute un récit fastidieux des remontrances du ministre aux membres de la Congrégation. Lui, personnellement, il était méthodiste, et les ennuis financiers des baptistes lui faisaient plutôt plaisir.

Ce qui avait bouleversé Effie était l'accusation du ministre selon laquelle les membres influents de l'église ne faisaient pas tout leur devoir vis-à-vis du programme missionnaire. Effie considérait l'église baptiste d'Estherville comme son église, le ministre comme son ministre, et après le service, elle était montée devant tous les fidèles pleurer sur l'épaule du Révérend Stovall. Il l'avait ramenée chez elle dans sa propre voiture, l'avait consolée, et au moment où il partait, Effie avait pieusement promis de verser dès le lendemain une contribution de cinq cents dollars. Dès que le Révérend Stovall fut parti, Effie sécha ses larmes et téléphona à Clyde de venir sur l'heure. Quand celui-ci arriva, les livres de comptes étaient étalés sur la table du salon et elle lui désigna certains loyers qui avaient beauoup de retard. La page qui l'irritait le plus concernait tante Hazel Teazley. Tante Hazel, dit-elle d'un ton accusateur, était de quatre mois et demi en retard. Elle ordonna à Clyde d'y aller immédiatement, et de rapporter jusqu'au dernier centime de ce qu'ils devaient, malgré toutes les histoires que pourrait raconter tante Hazel. Il essaya d'expliquer que, dès que l'un ou l'autre des petits enfants de tante Hazel aurait du travail, il avait l'intention de prélever une partie de leur salaire hebdomadaire pour payer le loyer en retard. De plus, il avait un peu honte de devoir mettre à la porte une malade de l'âge de tante Hazel. Effie ne voulut rien savoir, elle pleura encore sur le sort des missions, puis sécha ses larmes et lui ordonna d'aller chercher cet argent le jour même, ou alors, elle enverrait quérir le sherif. Clyde, qui ne tenait pas à se faire mettre à la porte, avait pris son chapeau, sa serviette noire, et était descendu vers Gwinett Alley.

Henry se leva en le voyant paraître. Clyde échangea un bref signe de tête avec Kathyanne. Il était venu avec une telle régularité depuis quelques mois qu'il ne crut pas nécessaire d'expliquer encore une fois pourquoi il était là. Il n'avait encore jamais vu Henry, et il le regarda de près. Sa première impression fut qu'il s'agissait d'un pensionnaire qu'aurait pris tante Hazel. Après tout, peut-être y aurait-il un peu d'argent dans la maison.

— Comment t'appelles-tu ?

— Henry Beck.

Il regarda la veste de tweed qui lui parut de bonne qualité, et il eut un sourire d'approbation.

— Chez qui travailles-tu, Henry ?

— Je suis employé à la campagne chez monsieur Porcher.

— Où habites-tu ?

— Je vis chez monsieur Porcher.

— Et tu es nourri chez monsieur Porcher ?

— Oui, Monsieur.

Déçu, Clyde lui tourna le dos. Il alla au rocking-chair.

— Eh bien, j'ai affaire ici, Henry, dit-il d'un ton bref sans se retourner. Sors un moment, tu reviendras après si tu en as envie.

Henry qui les regardait tous les deux d'un air soupçonneux ne bougea pas. Clyde s'assit dans le rocking-chair et mit sa serviette en évidence sur ses genoux. Henry n'était toujours pas parti, et Clyde le regarda avec un froncement de sourcils.

— Alors !... dit-il avec impatience.

— C'est pourquoi que vous êtes venu la voir, dit Henry d'un ton mauvais. — Il n'avait pas l'habitude de parler aux blancs sur ce ton, en fait c'était la première fois qu'il l'employait pour parler à quelqu'un qui n'était pas de sa race, mais, avec le soupçon, la colère l'avait pris. Kathyanne, qui avait peur d'un esclandre, le suppliait silencieusement des yeux. Il ne bougea pas, et elle lui fit des signes de la main. Henry continuait à dévisager Clyde.

— Vous feriez mieux de lui ficher la paix, murmura-t-il entre ses dents. J'aime pas ces façons qu'on m'a racontées sur vos façons de bambocheurs blancs. Ç'en est à un point qu'elle ne veut plus avoir rien à faire avec moi, et c'est pour ça. Enfin, pourquoi vous autres blancs ne vous occupez-vous pas des filles de votre couleur et ne nous fichez-vous pas la paix ? C'est pas son affaire d'aller avec les blancs. Moi, je ne veux pas qu'elle passe. Voilà ce que j'avais à dire.

Clyde non plus n'avait pas l'habitude d'entendre un nègre lui parler sur ce ton, et il ne savait s'il devait se fâcher ou avoir peur. Il se demanda ce qu'il pourrait faire s'il était attaqué par un costaud dans le genre d'Henry Beck.

— Henry, s'il te plaît, va-t'en, maintenant, ne fais pas de scandale, demanda Kathyanne.

L'air indécis, Henry resta planté dans la cour quelques instants encore. Puis il alla jusqu'à la barrière et après avoir longuement regardé Kathyanne et Clyde il s'éloigna dans l'allée.

Clyde fut soulagé de le voir partir. Il se permit de se renverser contre le dossier du fauteuil.

— Il est bien faraud, pour un noir. Un de ces jours, il va avoir des ennuis s'il ne fait pas plus attention à ce qu'il dit. Vous devriez lui en toucher deux mots, Kathyanne. Il y a ici des blancs qui ne supporteraient pas de l'entendre parler ainsi. Ils ne mettraient pas longtemps à se débarrasser de lui. Vrai, parlez-lui-en.

— Il n'a pas fait attention, monsieur Clyde, dit-elle vivement. Il y a quelque chose qui le tracasse, et il ne pensait pas tout ce qu'il a dit. C'est un bon garçon, et je veux l'aider à se débrouiller. Ça marchera, vous verrez. Je vous en prie, ne dites rien à personne et je veillerai à ce que le fait ne se reproduise plus. Henry est un bon garçon !

— Qu'est-ce qui le tracasse donc, pour qu'il se conduise ainsi ?

— Bah ! quelque chose qu'on lui a raconté, monsieur Clyde, mais ça va se passer.

— Oui, mais quand même, je n'aime pas ses façons. — Il croisa les jambes et tapota la serviette sur ses genoux. — Alors, je crois que vous savez ce que je viens faire, n'est-ce pas, Kathyanne ? Que voulez-vous, il faut qu'on en sorte ! Comment va tante Hazel aujourd'hui ? Ça va mieux ?

— Comme d'habitude, monsieur Clyde.

— Encore au lit ?

— Ça fait un an.

— Mais, qu'est-ce qu'elle a ?

— Le docteur Plowden dit que ce sont des rhumatismes aigus. A son avis elle ne pourra plus marcher.

— Mauvais, mauvais ! — Du pouce il frottait le cuir de la serviette. — Blancs ou noirs, je n'aime pas voir les gens dans une mauvaise passe. — Il examinait le grain luisant du cuir. — Mais je crois bien qu'il y aura toujours de la maladie. Et ça peut tous nous prendre comme tante Hazel.

Kathyanne savait qu'il parlerait bientôt du loyer et elle se remit à coudre. Elle le vit regarder dans la direction de l'impasse, comme s'il eût craint qu'Henry fût encore dans les parages.

— Vous n'avez pas encore trouvé de travail régulier,

Kathyanne ? — D'avance, il hochait la tête. — Et votre frère ? Lui non plus ? — Cette fois, il n'eut même pas l'air d'attendre une réponse. Il sortit de sa poche un crayon et une vieille enveloppe et se mit à griffonner des chiffres : — Voyons, mettons que cela fasse cinq mois... — Il semblait penser tout haut. — Oui, il ne reste qu'une semaine à courir ce mois-ci. Voyons, quinze dollars par mois, multipliés par cinq, cinq fois cinq vingt-cinq, cinq, je retiens deux, cinq et deux sept, ça fait soixante-quinze dollars. Vrai, ça monte quand on prend du retard. Et tous les mois ça fait un peu plus. Alors Kathyanne, qu'est-ce que vous pouvez payer aujourd'hui ?

Elle le regarda avec de grands yeux et fit un signe négatif de la tête.

— Vous voulez dire que vous ne pouvez rien payer ?

— Monsieur Clyde, il n'y a pas d'argent dans la maison. Vrai, même avant que vous augmentiez le loyer, nous avions du mal à payer. Nous ne pouvons même pas acheter de quoi manger de temps en temps. Si les voisins ne nous aidaient pas, je ne sais pas ce que nous deviendrions.

— Je sais, Kathyanne, mais madame Effie Verdery veut l'argent du loyer. Elle est butée, et moi, je ne peux plus rien faire, elle n'attend plus. Moi, je travaille chez elle, je ne peux rien dire. Et si elle décide de s'adresser au sherif ? Alors, votre frère et vous, que deviendriez-vous ? L'idée de voir le sherif arriver pour mettre tante Hazel à la rue me fait mal. C'est terrible, mais c'est la loi et il n'y a pas moyen de la tourner, vous savez. Le monde est comme ça.

Kathyanne hocha imperceptiblement la tête, tout en enfilant son aiguille.

— Mais, comment vous êtes-vous mise dans un tel

pétrin, Kathyanne ? demanda-t-il d'un ton grave, les sourcils froncés. N'aviez-vous pas une bonne place chez madame Swayne au début de l'année, et chez madame Pugh par la suite. Pourquoi les avez-vous quittées ?

— Peut-être ne pouvais-je m'entendre avec les blancs, monsieur Clyde. — Elle le regarda, pensive. — Peut-être parce que j'ai été élevée à la campagne, et que je n'ai pas connu les blancs avant de venir travailler chez eux. Avant, je ne savais pas que je devrais faire tout ce qu'ils me diraient. Je m'en suis aperçue en travaillant chez madame Swayne et après, chez madame Pugh. Mais il y avait des choses que je ne voulais pas faire quand même, et c'est pour ça que je suis partie. Par la suite, je me suis rendu compte que je devrais encore obéir, si je voulais avoir du travail. Et puis, il y a les hommes...

— Que voulez-vous dire, Kathyanne ? Quels hommes ?

— Tous, monsieur Clyde.

Embarrassé, Clyde regarda sa serviette.

— Peut-être à ce moment-là avez-vous cru bien faire. Mais maintenant les noirs n'ont pas grand-chose à dire. Il faut qu'ils obéissent, s'ils veulent s'entendre avec les gens d'Estherville. Je ne sais pas ce qu'on peut y faire pour l'instant, mais je ne crois pas qu'il en soit toujours ainsi. Le monde évolue.

Il regarda le soleil bas sur l'horizon. L'après-midi s'avançait et il commençait à ne pas faire chaud.

— Alors, Kathyanne, dit-il résolument en essayant d'effacer toutes les pensées étrangères. Ça vous regarde maintenant. Il y a des choses qu'on ne peut reculer indéfiniment, en particulier le loyer. Qu'est-ce que vous comptez faire ?

— Je ne sais pas, monsieur Clyde.

Il alla à la barrière, puis revint vers elle. Il n'avait qu'un seul but en venant : toucher l'argent du loyer, tout ou partie. Mais d'autres pensées venaient le troubler, qui refusaient de se laisser chasser. Kathyanne l'avait irrité, mais en même temps, il éprouvait de la pitié pour elle. Clyde s'était habitué à ne ressentir aucune compassion vis-à-vis des locataires qui ne voulaient ou ne pouvaient pas payer, parce qu'il se sentait émotionnellement incapable d'exiger de l'argent des gens qui avaient toujours une histoire pitoyable à raconter. Mais, assis au soleil avec Kathyanne, en l'écoutant parler de sa faiblesse devant les blancs, une émotion nouvelle mais très agréable l'avait envahi. La situation où elle se trouvait lui donnait envie de l'aider, et en même temps de profiter d'elle. Il se souvint de ce qu'Henry avait dit d'elle et des blancs, et il se demanda comment il se faisait qu'il n'avait jamais pensé à elle en ces termes. Il avait à peu près abandonné tout espoir de toucher ces soixante-quinze dollars, et cependant, il savait qu'il ne pourrait avouer à Effie son échec. Il serait sans travail avant d'avoir même quitté le salon. Il y avait un peu d'argent en son nom à la caisse d'épargne, pas beaucoup, mais assez. Il pourrait le retirer de bonne heure lundi matin, le donner à Effie, et elle n'y verrait que du feu. Ayant ainsi disposé du problème, il mit fin à ses calculs, et regarda Kathyanne d'un air conquérant. Elle était belle et l'attirait de plus en plus. Elle devenait plus désirable avec chaque battement affolé de son cœur. Bah ! Il n'était pas le premier homme à qui la chose arrivait, la nature humaine est ainsi faite. Rien dans notre existence n'est laissé au hasard et la providence nous entraîne le long d'un chemin tracé d'avance, pourquoi lutter ? Sa femme ne verrait jamais le trou dans le compte d'épargne ; il se débrouillerait, il en faisait son affaire. Les longs cheveux noirs de Kathyanne, avec leur reflet bleu, ses grands yeux marron, et la teinte délicatement dorée de sa peau ! Il n'y avait pas beaucoup de femmes qui pouvaient rivaliser avec elle. Depuis qu'il était marié, il s'était strictement occupé d'affaires, et aucun élément personnel n'était jamais venu troubler sa collecte des loyers pour Effie. Par la suite, d'ailleurs, mais il n'avait pas le temps de réfléchir, il trouverait bien un moyen d'arranger les livres de comptes, de façon à faire payer les soixante-quinze dollars par Effie elle-même, et alors, il pourrait les reverser à son compte. Il pensait à toute allure. Jamais peut-être ne retrouverait-il une telle occasion, et c'était la plus désirable mulâtresse qu'il ait jamais vue.

Il fouilla dans sa poche, sortit un carnet de reçus et griffonna rapidement sur une formule imprimée.

— Kathyanne, voici votre reçu pour cinq mois, dit-il en bafouillant et en s'approchant d'elle. Il respirait avec difficulté, et dut attendre avant de continuer. Il avait une barre sur la poitrine et la tête lui tournait un peu. — Il se fait tard, et faut que je m'en aille. — Il s'arrêta, inspirant longuement. Qu'avait-elle donc, pour qu'il se sentît si bizarre en sa présence ? — Je vais m'occuper du loyer, Kathyanne, ne vous en faites pas. Maladroitement, il lui tendit le reçu d'une main qui tremblait. Je vais revenir, plus tard à la nuit, et je le signerai, prenez-le, Kathyanne. — Il essaya de sourire innocemment, mais il ne sentit qu'une raide contraction des muscles.

Kathyanne se pencha en avant et sans y toucher regarda le griffonnage sur le rectangle de papier jaune.

Le morne pépiement des moineaux sur la clôture était irritant, il aurait voulu avoir un fusil et les mettre tous en miettes.

— Monsieur Clyde, vous feriez mieux de signer maintenant, si vraiment vous en avez envie, lui dit-elle en le regardant bien en face.

— Qu'est-ce que vous voulez dire, Kathyanne ? demanda-t-il en bafouillant de plus belle.

— A votre idée ?

— Mais, ne pourrais-je... ?

— Monsieur Clyde, ne revenez plus jamais ici, et fichez-moi la paix.

Il se sentit comme un enfant pris en faute par sa mère.

— C'est comme ça !

— Mais, Kathyanne...

— Non, monsieur Clyde.

Il n'entendait plus que le pépiement moqueur des moineaux, et il se sentait pris de vertige. Il voyait la tête de Kathyanne accompagner son refus, et, tout à coup, comme accablé d'un poids invisible, son bras retomba mollement à son côté. Il baissa les yeux, et vit le papier jaune.

Incapable désormais de se montrer devant elle, il se trouva en train de signer péniblement son nom au bas du reçu. Il le lui posa sur les genoux et se retourna pour prendre sa serviette.

— Merci, monsieur Clyde, dit-elle d'une voix claire, comme il passait la barrière.

Il mit le moteur en marche. Il aurait dû être en colère contre elle mais, à sa grande surprise, il était seulement anéanti par son échec.

Henry Beck était déjà à côté de la clôture, et Clyde

n'était pas encore parti qu'il sautait par-dessus les piquets.

— Je sais ce que te voulait ce sale blanc, dit-il, la voix lourde de colère. J'ai regardé tout le temps, j'ai vu et je sais de quoi je parle.

— Qu'est-ce que tu as vu, Henry ? demanda-t-elle.

Le soleil bas sur l'horizon brillait dans ses grands yeux marron.

— J'ai vu le blanc te donner quelque chose, après avoir parlé longtemps. Voilà. C'est clair comme le jour, ces sales blancs ne donnent jamais rien pour rien, je sais !

Elle lui tendit le reçu.

— C'est ça que tu veux dire, Henry ?

— Qu'est-ce que c'est ? Allons, dis !

En souriant, elle déchira le papier jaune en petits morceaux et les laissa tomber entre eux deux.

— Je ne crois pas que nous en aurons besoin, Henry, dit-elle de sa voix douce.

Elle s'approcha de lui et leva la tête pour regarder de plus près son visage d'homme qui ne savait que penser.

# XI

En traversant le « Ruisseau de l'Indien » à un mille au sud de la ville, Ganus fit passer sur son épaule gauche le poids du piège à lapins. Il marchait avec précaution sur les racines glissantes des cyprès dans l'ombre humide des festons de mousse espagnole. Il montait vers le buisson de blackjack qu'il avait vu la veille. Il pouvait être dix heures, et, pour un mois de décembre, il faisait beau. Cependant d'épais nuages d'un gris jaunâtre s'accumulaient à l'ouest au-dessus de l'horizon et, par plaques brillait encore au soleil d'hiver la gelée blanche de la nuit.

Ganus sifflait à cœur joie en montant la colline, la lourde boîte tantôt sur une épaule, tantôt sur l'autre. De temps en temps, il jetait un coup d'œil en direction d'un gommier qui lui servait de point de repère là-haut sur la crête. Il avait terminé son piège la veille au soir, et il avait hâte de le poser avec les neuf autres qu'il avait déjà construits et posés dans les buissons et les coulées à l'ouest du « Ruisseau de l'Indien ».

Ce matin-là, il ne les avait pas encore relevés et il avait l'intention d'en faire le tour après avoir mis en place le nouveau piège et l'avoir appâté avec une feuille de chou toute fraîche qu'il avait dans sa poche. Depuis quelques semaines, après avoir abandonné la vente de la glace en plein hiver, il s'était mis à prendre de deux à cinq garennes par jour, et il les vendait vingt-cinq *cents* pièce à l'épicerie de Gwinett Alley. Chaque jour il en apportait un à Kathyanne, et de plus il arrivait à vendre les peaux pour dix ou quinze *cents,* vingt même s'il s'agissait d'un gros mâle.

Après avoir escaladé la berge abrupte d'une des ravines qui n'avait jamais été terrassée, et qui subissait l'érosion des grosses pluies d'automne depuis de nombreuses années, il se trouva à cinquante mètres environ d'une des maisons de Glover Grimball, propriétaire de la plus grande partie des terres entre le « Ruisseau de l'Indien » et la frontière du comté. Penché en avant, il posa au sol sa lourde caisse de chêne et s'assit dessus, le temps de souffler un peu. D'abord, il ne prêta pas beaucoup d'attention à la ferme, elle semblait vide ou abandonnée et il avait hâte d'arriver au buisson de blackjack qu'il voyait maintenant, un quart de mille plus loin sur la crête.

Au bout de quelques instants cependant, il se mit à examiner la maison déserte sur le flanc de la colline. Comme la plupart des maisons que donnait Glover Grimball à ses locataires, manœuvres, métayers ou fermiers, elle était vieille et avait besoin tant de peinture que de réparations. Son vieux toit de tôle s'agitait au vent, les poutres s'affaissaient et la faîtière rappela à Ganus un vieux cheval qu'il avait une fois vu dans un pré où il coulait ses derniers jours. La maison comportait deux pièces et une cuisine en appentis. Cette construction sordide, noircie par les intempéries, était perchée sur quatre poteaux blanchâtres qui avaient l'air de vouloir s'effondrer au prochain coup de vent. La maison était entourée d'une cour nue comme la main, où le vent apportait du sable. Un mûrier rabougri, aux branches duquel pendaient un collier de mule et quelques socs rouillés aux pointes ébréchées, se dressait près du puits et de son treuil. Une bouffée de fumée bleue sortit paresseusement de la cheminée, et la maison, qui d'abord semblait absolument vide, parut soudain se réveiller.

Il se leva aussitôt, prit le piège et se mit en marche vers le blackjack. Il traversait un coin de la cour ; à ce moment la porte légère s'ouvrit en grinçant et Mozelle, la femme de Burgess Tarver, vint s'appuyer à la balustrade du porche branlant.

Burgess Tarver avait à peu près vingt-cinq ans, une grande gueule et une carrure. En été, il faisait du coton et abattait du bois en hiver. De tous temps, il avait été obsédé d'une haine tenace et bagarreuse des nègres et c'était bien connu que le seul moyen qu'avait un nègre de ne pas avoir d'ennuis avec Burgess, c'était de l'éviter à tout prix. Il aimait aller faire un tour en ville le samedi, à l'heure où les rues étaient pleines de nègres de la campagne, et se prendre de querelle avec l'un d'eux en le faisant tomber du trottoir, et en le mettant au défi de dire quelque chose. Si le nègre avait le malheur de répondre quoi que ce fût, cela donnait à Burgess prétexte de jouer du poing ou même du couteau. Puis, il l'avertissait de ne plus mettre les pieds à Estherville. On n'avait jamais connu d'exemple qu'un nègre ait rendu les coups, depuis qu'il avait tué le premier qui avait protesté.

Ganus savait tout cela et il accéléra l'allure sans se détourner.

— Hé, Ganus ! appela Mozelle en venant s'asseoir sur la balustrade.

Il reconnut le ton dangereux et insinuant de sa voix, et se mit à marcher encore plus vite.

— Ganus, écoute !

— B'jour, mademoiselle Mozelle, répondit-il poliment, la regardant à peine en s'éloignant de la maison de Burgess Tarver.

Il était arrivé au champ, quand il l'entendit appeler encore une fois. Au même moment, il ressentit une violente douleur à l'estomac. Il avança encore de quelques pas, mais l'intensité de la douleur l'obligea à s'arrêter et à poser le piège. C'était une catastrophe de se trouver en présence de la femme de Burgess Tarver, même en plein jour et à bonne distance, et il aurait bien voulu passer sans qu'elle le voie.

Mozelle, avec son aspect maladif, résultat de plusieurs années de malaria, était grande et pâle. Elle n'avait encore que quinze ans et portait longs ses cheveux sans couleur précise noués derrière la nuque par un ruban de mousseline rouge. Comme unique vêtement, elle portait une robe de pilou qui ressemblait à une chemise de nuit coupée aux genoux et pendait sur ses épaules comme un sac. Cela faisait un peu plus d'un an qu'elle était mariée à Burgess, et elle s'était déjà sauvée deux fois. La première fois, elle était partie à Augusta avec un marchand d'arbres fruitiers qui l'avait vue faire des signes au bord de la grand-route à un mille au sud. Elle était restée cinq jours avec lui dans un meublé de Greene Street, puis, il l'avait quittée et elle était revenue raconter à Burgess une longue histoire, comme quoi elle avait été enlevée et emmenée dans une grotte par trois évangélistes à barbes rouges. La deuxième fois, elle était partie trois semaines. Elle était allée jusqu'à Orlando avec le chauffeur d'un camion d'oranges, puis jusqu'à Baltimore avec un autre, et finalement, en passant d'un chauffeur à un autre, jusqu'à Mobile. Cette fois, pensant que ses véridiques aventures étaient assez extraordinaires, et que, même en exagérant, on ne les améliorait pas, elle avait fait à Burgess le récit authentique de ce qui lui était arrivé en trois semaines, mais il n'en avait pas cru un mot, tant l'histoire lui avait paru abracadabrante. La dernière occasion où Burgess avait eu des ennuis avec elle, c'était le jour où il l'avait emmenée à un prêche en plein air à Lucyville, au mois de juillet. Elle avait disparu dans les bois avec trois garçons, et elle y était restée jusqu'à midi le lendemain. Cette fois, elle raconta qu'elle était tombée dans le ruisseau et que les eaux l'avaient entraînée en aval jusqu'à ce qu'elle soit sauvée par un homme qui pêchait des poissons-chats, juste au moment où elle allait se noyer dans la Savannah. Sceptique comme d'habitude, Burgess avait menacé de l'enchaîner au lit de fer si elle ne promettait pas de ne jamais plus se sauver. Il l'avait battue, et tout en larmes, elle avait promis.

Malgré cela, depuis quelque temps, elle faisait tout ce qu'elle pouvait pour attirer l'attention de Reeves Houcke. Reeves, un autre locataire de Grimball, travaillait souvent avec Burgess, mais il avait peur de lui, et faisait de son mieux pour l'éviter. Cela n'empêchait pas Mozelle de continuer ses avances.

A l'intention de Ganus, elle se tortillait sur la barre de bois. Finalement, elle se leva et vint à l'extrémité du porche.

— A quoi ça sert, ta drôle de boîte ? demanda-t-elle de sa voix traînante et plaintive.

— C'est seulement un piège à lapins, mademoiselle Mozelle.

— Où que tu vas le mettre ?

— Là-bas près du buisson, dit-il, en désignant de la tête la touffe de blackjack à l'autre bout du champ. Faut que je me dépêche, mademoiselle Mozelle, il se fait tard.

— Pourquoi que tu le mets là-bas ?

— Pour essayer d'attraper des lapins.

— Et pourquoi que tu veux attraper des lapins ?

— J' les vends, mademoiselle Mozelle.

— Pourquoi ?

Il la regarda en se demandant où elle voulait en venir. Elle continuait à se tortiller.

— Pourquoi, Ganus ?

— Pour me faire un peu de sous.

Mozelle gloussa.

— Qu'est-ce que tu fais avec tes sous ?

— J'achète des choses.

— Quelles choses ?

— Des choses.

Elle eut encore un de ses rires bêtes. Ganus fronça les sourcils.

— Tu veux pas me payer quelque chose ?

— Comment, qu'est-ce que vous dites, mademoiselle Mozelle ? — Il se demandait s'il avait bien entendu. — J'ai pas bien compris.

— Je veux que tu me payes quelque chose, Ganus.

Cette proposition ne lui plaisait pas. Sa douleur à l'estomac le fit se plier en deux, les bras croisés sur le ventre. Il regarda rapidement derrière lui, pour voir si Burgess n'arrivait pas sur Pawpaw Ridge, et n'avait pas entendu ce que suggérait Mozelle.

— Tu veux, Ganus ? dit-elle, ricanant encore de sa voix enfantine. Tu veux bien faire ça pour moi, hein, dis, Ganus ?

Il ne répondit pas.

— S'il te plaît, Ganus.

— Vous voulez pas dire, quelque chose pour vous donner, hein, mademoiselle Mozelle ?

Elle fit oui de la tête.

— Si, Ganus, tu veux bien ?

— Acheter quoi ? Il retint son souffle.

— Quelque chose de joli.

C'était très embêtant. Il secoua la tête.

— S'il te plaît, Ganus.

Elle eut encore son petit rire stupide.

— Tu veux pas, Ganus ?

— Je ne pourrais pas, mademoiselle Mozelle.

Elle le provoquait de son sourire.

— Je parie que tu pourrais si tu en avais vraiment envie.

— Non, mademoiselle Mozelle, dit-il, comme un homme en danger de tomber dans le gouffre de la perdition. — Je ne pourrais jamais. Oh, non alors !

— Pourquoi que tu ne veux pas m'acheter quelque chose de joli, Ganus ? demanda-t-elle du ton enjôleur d'une prière de petite fille.

— Non, mademoiselle Mozelle, vous savez bien que je ne pourrais pas faire ça.

— Pourquoi pas ?

— Parce que je suis un homme de couleur, et vous une blanche. Voilà pourquoi.

— T'as pas besoin d'avoir peur.

— Pourquoi que vous dites ça ?

— Parce que je ne dirai rien.

— Ça ne changerait rien.

— Personne ne saura, je te dis !

— Non, non ! Je sais ce que je fais, mademoiselle Mozelle.

— Je te jure sur l'agneau de Dieu que je ne dirai jamais rien à personne, personne ! Et que je meure si je le dis ! Alors tu ne me crois pas ?

— Mademoiselle Mozelle, cessez de parler comme ça. Monsieur Burgess me tuerait s'il vous entendait dire ça devant moi. Non. Je sais où est mon intérêt, et c'est pas ça.

Il prit la lourde caisse de bois.

— Moi, j'ai pas peur de lui.

— A votre place, j'aurais peur, mais c'est votre affaire.

— T'as pas besoin d'avoir peur, Ganus, il ne saura rien.

— Eh bien, moi, je demande au bon Dieu que vous l'attrapiez, la peur !

— Dis, tu reviendras demain m'apporter quelque chose de joli, hein, Ganus ?

— Je ne crois pas, mademoiselle Mozelle. Vous faites pas d'idées là-dessus.

— Tu ferais mieux, Ganus Bazemore ! — Sa voix geignarde prit un ton menaçant. — Tu ferais mieux de m'écouter.

— Pourquoi ? dit-il, la respiration haletante.

— Tu regretteras !

— Qu'est-ce qui vous fait dire ça ?

— Parce que j'aurai ma revanche si tu ne m'apportes rien. Voilà !

Ganus avait déjà mis sur son épaule le piège à lapins et il s'éloigna pour ne plus l'entendre. Il voulait s'éloigner d'elle, et vite, pour ne plus revenir. Il ne détourna la tête qu'une fois, et en voyant Mozelle le suivre du regard, il se hâta d'atteindre les broussailles.

Il trouva une coulée dans le blackjack, amorça son piège avec soin, pour que la porte tombe bien dès qu'un lapin serait dedans, mit une feuille de chou comme appât. Puis il alla voir les autres pièges le long de la crête. Il avait fait une centaine de mètres quand il vit Mozelle traverser en courant le champ de coton dans la direction du petit bois de chênes, et il se demanda si elle se sauvait encore de chez elle. Il était content de lui avoir échappé à bon compte et il se dit que la prochaine fois il ferait un grand détour pour ne pas passer à côté de chez Burgess Tarver. Il ferait peut-être même bien d'enlever les pièges qui étaient trop près de la maison.

Mozelle disparut dans le petit bois. En descendant la colline il entendit des cognées dans le bois, mais le bruit cessa soudain. Il s'arrêta et écouta. Mais comme le silence persistait, il descendit voir en bordure des basses terres si un garenne s'était laissé prendre dans la nuit.

Mozelle courut d'une seule traite jusqu'au bois où Burgess et Reeves abattaient du bois du chauffage. En arrivant, elle était trop essoufflée pour parler. Elle s'appuya contre un arbre, laissant Burgess s'inquiéter de son air affolé. Elle se détourna plusieurs fois dans la direction du champ de coton.

— Qu'est-ce que t'as, Mozelle ? demanda plusieurs fois Burgess.

— J'ai peur, finit-elle par répondre.

— Peur de quoi ?

— Des nègres.

— Quels nègres ?

Elle désigna du doigt la route charretière dans la direction générale d'où elle venait.

— Le grand nègre qui s'est amené dans la maison et qui m'a attrapée.

— Quoi ! Burgess regarda Reeves.

— Oui, il m'a attrapée.

Burgess la regarda pensivement quelques instants.

— Qu'est-ce que cette histoire que tu as encore inventée ?

— C'est pas une histoire, je jure sur l'agneau de Dieu qu'un grand nègre m'a prise et m'a obligée à le faire.

Burgess et Reeves se regardèrent en se demandant si, cette fois, elle disait la vérité.

— Qu'est-ce que tu dis qu'il t'a fait ? — demanda Reever. Il était plus petit que Burgess, avec des cheveux raides et noirs. Il n'était pas marié et il vivait seul à l'ouest de Pawpaw Ridge.

Elle se tourna vers lui avec un sourire, comme si elle n'avait attendu que cela.

— Comme ça, Reeves. — Elle souleva sa robe et l'enroula autour de son cou. — Il a fait ça, tu vois, et il n'y avait pas moyen de le faire s'arrêter. Il était trop fort, tiens je crois bien que c'était l'homme le plus fort que j'aie jamais vu. Et il continuait tout le temps, et il n'y avait pas moyen de l'arrêter. Je pouvais rien faire, s' pas. Tout le monde sait comme je suis petite et pas forte. J'arriverais même pas à tordre un cou de poulet. Alors les hommes peuvent me faire tout ce qu'ils veulent. Je peux pas les empêcher. J'ai toujours été comme ça, même les petits garçons peuvent m'obliger à le faire.

Reeves, une fois passé le premier choc, était embarrassé par l'étalage audacieux de sa nudité. Il baissa la tête et se mit à regarder ses pieds.

— Rabaisse ta robe, et cache-toi, — dit rudement Burgess en essayant d'agripper l'étoffe, mais elle lui échappa d'un bond habile et se mit derrière Reeves, tenant toujours sa robe de pilou vert remontée autour de son cou. Son corps maigre avait un air enfantin et ses petits seins à peine formés étaient plats et immobiles sur sa poitrine.

— Tout ça m'a encore l'air d'un de tes sacrés mensonges, dit Reeves d'un ton soupçonneux. J'y crois pas à ton nègre.

— C'est pourtant vrai, dit-elle avec vivacité en regardant Reeves. Je vais te montrer comment il a fait, si tu me crois pas. Il a fait comme ça, et il était trop grand pour que je puisse l'en empêcher. Il était fort ! Et il a continué longtemps, mais longtemps ! C'était incroyable ! On aurait dit qu'il ne voudrait jamais s'arrêter. J'ai jamais vu quelqu'un faire ça si longtemps. Je le jure devant Dieu et que je meure si ce n'est pas vrai. Tu me crois, hein, Reeves ? Non, tu ne me crois pas ?

— Quel nègre qu'a fait ça ? dit Reeves, impressionné. Comment qu'il s'appelle ?

— C'était pas un nègre comme les autres, répondit-elle sans hésiter, en le regardant bien en face d'un air innocent. Il était tout noir, enfin pas noir noir, un peu clair ; tiens, un peu comme du pain d'épices, et avec des grandes mains, et des pieds ! J' l'ai jamais vu avant, je ne sais pas d'où il sort. Peut-être qu'il s'est sauvé d'un autre pays. Il est arrivé tout doucement par-derrière, il a mis ses bras autour de moi, il a mis sa main sur ma bouche, et il a commencé comme ça. Il était si grand et si fort que j'ai pas pu le faire s'arrêter, ça a été long ! Tu me crois, hein, Reeves, maintenant ?

— Par où qu'il est parti ? demanda Burgess, pas encore convaincu.

— Par là, en descendant vers le marais aux cyprès, dit-elle en désignant le champ de coton. J' l'ai vu descendre par là.

— Où il est, maintenant ?

— Il se cache par en bas, de l'autre côté de la nouvelle terre. Puisque je vous dis que je l'ai vu y aller !

— Merde, je ne sais pas si elle me dit des conneries, ce coup-ci. Moi, ça m'a pas l'air qu'un nègre oserait approcher de chez moi, et elle m'a déjà sorti des histoires tellement énormes que je ne m'y reconnais plus. Mais même si c'est pas tout à fait vrai, on va l'avoir, l'enfant de salaud !

Il rabattit la robe de Mozelle et la poussa aux épaules.

— Toi, file à la maison, et boucle tout à clé jusqu'à ce que j'arrive. Te montre pas aux fenêtres. Quelquefois que l'idée viendrait à d'autres nègres.

Avec un dernier sourire à l'adresse de Reeves, elle descendit le charroi en courant en direction de la maison. Ils prirent leurs haches et se mirent en route vers la nouvelle terre. Ni l'un ni l'autre ne dirent mot avant d'arriver à la limite du champ. Mozelle était maintenant hors de vue.

— Elle ment, tu crois, Burgess ? Tu devrais savoir, à la façon dont elle cause et qu'elle agit. Moi, je veux pas avoir d'histoires avec les nègres, alors si c'est pas vrai... Le reste du temps, tu comprends, je suis d'avis de leur foutre la paix. Moi, je suis pas comme toi, j'ai rien contre eux. A mon avis, faudrait les laisser s'occuper de leurs affaires tout le temps qu'ils ne font pas d'histoires.

— Je veux bien être pendu si je sais, ce coup-ci, dit Burgess en hochant la tête. C'est une menteuse comme jamais j'en ai vu. Elle invente les histoires les plus fantastiques des fois ! La moitié du temps on ne peut pas croire le quart de ce qu'elle raconte. Mais s'il y a un nègre qui se cache dans le buisson, nom de dieu, je vais l'avoir. Faut pas croire qu'un enfant de salaud de nègre va pouvoir s'envoyer ma femme et s'en tirer. Même s'il a pas fait tout ce qu'elle raconte. Même qu'il ait fait que de la regarder d'un peu près en passant, c'est tout ce que je veux savoir.

Ganus était agenouillé près d'un de ses pièges, quand il entendit des pas sur les brindilles sèches derrière lui. Il tourna la tête et vit Burgess et Reeves à quelques pas seulement. Il vit aussitôt qu'il y avait du vilain. Il enleva rapidement sa casquette et sourit. Mais leurs visages restèrent de bois.

— B'jour, m'sieur Burgess et m'sieur Reeves, dit-il précipitamment. Comment ça va aujourd'hui. — Il essayait de parler le plus naturellement possible. — Vous cherchez quelque chose ?

— Qu'est-ce que tu fais, nègre ? dit Burgess d'un ton bourru.

— Je regarde mes pièges, c'est tout, monsieur Burgess.

— Qui est-ce qui t'a permis de mettre des pièges dans ce coin ?

— Personne, m'sieur Burgess, mais je croyais qu'on avait le droit de prendre des lapins à peu près partout. M. Glover Grimball serait pas content si les lapins lui mangeaient toutes ses récoltes, hein, m'sieur Reeves ?

— C'est son affaire, et pas la tienne, nègre !

— Oui, M'sieur, dit-il humblement. L'attitude de plus en plus hostile des deux hommes lui faisait peur. Il se demanda s'ils l'avaient vu parler à Mozelle dans la cour.

Alors, pour la première fois, il vit qu'ils tenaient chacun une hache.

— Oui, m'sieur Burgess, si vous le dites, ça doit

être vrai. J'ai pas le droit d'attraper des lapins par ici. Je m'en vais. Je ne reviendrai pas, je vous promets.

Il se mit debout et s'éloigna.

— Arrive ici, nègre ! hurla Burgess.

Ganus fit quelques pas hésitants dans leur direction.

— Qu'est-ce qu'il y a, m'sieur Burgess ?

— A ton avis ? demanda Reeves Houcke.

— Je sais pas, m'sieur Reeves, sûr, je sais pas.

Burgess s'approcha.

— T'es allé chez moi tout à l'heure et tu t'es envoyé ma femme, hein, enfant de salaud !

— Quoi, m'sieur Burgess ?

Il se mit à trembler en comprenant l'énormité du crime dont on l'accusait.

— Tu m'as entendu, nègre !

— Oui, M'sieur, j'ai entendu, mais je ne sais pas de quoi vous voulez parler.

— Des clous que t'en sais rien ! Tu sais très bien ce que t'as fait. Ça se voit sur toi. Moi, je sais quand un nègre ment, je suis pas un con, moi !

— Fait quoi, m'sieur Burgess, mais quoi donc ?

— Tu m'as bien entendu le premier coup, enfant de salaud. T'es pas sourd. Tu sais bien ce que t'as fait. T'es allé chez moi et tu t'es envoyé ma femme. J'ai la preuve. Elle a dit que c'est toi. C'est tout ce que j'ai besoin.

— Qui ça, mais qui a dit ça, s'il vous plaît, m'sieur Burgess ?

— Ma femme, si tu veux savoir ! Tu la connais, hein ! Tu vas pas dire qu'elle ment ? Elle est venue en courant pour nous dire, à moi et à Reeves, pendant qu'on coupait du bois, et elle nous a tout raconté. C'est encore une veine qu'on t'ait attrapé avant que tu te débines. T'aurais filé à la nuit, si on t'avait pas pris.

— Monsieur Burgess, écoutez-moi, je ne voudrais pas mettre en doute ce que disent les blancs, mais c'est vrai ce qu'on vous a dit de moi. Je n'aurais pas idée d'aller me mettre dans un pétrin pareil ! Quand je suis passé à côté de chez vous, il y a à peu près une heure, je suis à peine passé par le coin de la cour, et je ne me suis pas approché de mam'zelle Mozelle pour l'embêter. Je ne suis pas assez bête et je tâche toujours d'éviter ces ennuis-là. M'sieur Burgess, il y a quelqu'un qui s'est trompé.

— Alors, salaud de nègre, tu traites ma femme de menteuse, hein ?

— Oh, non ! Je ne voudrais pas, mais je n'ai rien fait de ce que vous dites. Le bon Dieu sait que c'est vrai. Vous me croyez, hein, m'sieur Burgess. Vous savez que je dis la vérité du bon Dieu, hein, m'sieur Reeves ? Dites-moi que vous me croyez ! Vous voulez pas, m'sieur Burgess ?

— Bon Dieu, non ; j'ai jamais vu un nègre qu'essayait pas de s'en tirer par un mensonge, même quand on le prenait la main dans le sac.

— Mais, m'sieur Burgess, j'ai rien fait de ce que vous dites. Mam'zelle Mozelle doit se tromper. Allez lui demander encore une fois et dites-lui de dire la vérité vraie. Si elle dit que je dis vrai, ça devrait suffire, hein, m'sieur Reeves ?

— Des clous, dit Burgess, il n'y a pas un bon dieu d'enfant de salaud de nègre qui me dira ce que je dois faire. T'as dit toi-même que t'es passé devant chez moi et je ne prends pas de risques. T'as fait causer de toi en ville. T'as eu des ennuis chez Charlie Singfield et a fallu que tu quittes la place. Harry Daitch t'a mis dehors parce que t'avais fait des conneries en allant livrer chez une blanche. Tout le monde dit bien que tu es un sale nègre. J'ai entendu Levi Kettles raconter qu'en rentrant chez lui il y a pas si longtemps, il t'avait trouvé couché derrière le poêle. Il m'a dit qu'il te cherchait, mais, bon Dieu, je vais t'avoir avant. Possible que tu ne te sois pas envoyé toutes ces blanches, mais rien ne dit que tu ne le ferais pas, si t'en avais l'occasion. Alors, maintenant, v'là ma femme qui s'amène en disant que tu lui as fait ça aussi ! J'ai pas besoin d'en savoir plus long. Quand un nègre commence à s'offrir des blanches, il n'y a qu'un moyen de lui en passer l'habitude.

— Mais, si vous demandiez à mam'zelle Mozelle de dire la vérité...

Burgess leva sa hache. Reeves courut à lui et essaya de la lui arracher, mais Burgess était plus fort.

— Arrête, Burgess, cria-t-il, se mettant entre Ganus et lui, va pas faire quelque chose que tu pourrais regretter après. Le nègre a juré que tout ce qu'il avait fait, c'était de passer devant chez toi, et c'est peut-être vrai. Tu sais ça et tu ferais mieux de faire dire à Mozelle ce qui s'est vraiment passé. A ta place je ne la croirais pas. Va lui demander. Moi, je vais garder le nègre et l'empêcher de cavaler jusqu'à ce que tu arrives.

— Tire-toi de là, dit Burgess en brandissant sa hache. Tu causes comme un bon dieu d'ami des noirs. Je sais ce que je fais, alors tire-toi de là comme je t'ai dit !

Il écarta Reeves d'un coup de poing.

— Qu'est-ce que ... Qu'est-ce que vous allez me faire, m'sieur Burgess. M'sieur Burgess, non, non ! La hache, la hache, m'sieur Burgess ! .

— Si t'as pas encore compris, c'est trop tard.

Ganus était à genoux quand il vit Burgess prendre la

hache à deux mains et la faire tournoyer au-dessus de sa tête. Le soleil s'accrocha une fraction de seconde au brillant du fer. La force du coup l'envoya rouler sur le dos. Il regarda le visage des deux hommes au-dessus de lui, et Burgess le frappa de nouveau, cette fois du plat du fer.

— T'aurais pas dû faire ça, dit Reeves en reculant.

— Fallait que je me défende. — Burgess respirait très fort, — ce salaud-là allait me sauter dessus.

— Quand même, tu pourrais bien avoir des ennuis maintenant. Tu sais pas ce qui peut se passer.

— Merde, ce n'est qu'un nègre crevé, un de plus.

— C'est pas mon avis, mais, à ta place, si quelqu'un se met à poser des questions je ne me fierais pas à ce qu'elle va répondre. Si elle a commencé par mentir, elle peut continuer, et de plus en plus fort ! A moi, tu comprends, elle ne m'a pas fait l'impression d'une fille qu'on venait de violer, et pas par un nègre, en tout cas. Je ne suis pas sûr, mais on aurait dit qu'elle avait une idée derrière la tête. Elle n'en est pas à une histoire près.

— Toi, tu vas fermer ta gueule, si tu veux pas y passer aussi. Si j'étais sûr que tu me dénonces, ça ne serait pas long, couic, toi aussi, comme l'autre. Peut-être que je devrais... J'aime pas la façon dont elle tourne autour de toi ! T'entends, si je t'attrape à la regarder, je te tue comme le nègre, et aussi vite !

— Si t'aimes pas ça, va lui causer. C'est elle qui vient se frotter, et qu'est venue me monter son cul !

— T'en fais pas, elle n'en aura plus envie, quand j'en aurai fini avec elle pour avoir essayé de se faire baiser par ce nègre !

Burgess se tut, mit sa hache sur son épaule et partit en direction de chez lui. Reeves le suivit jusqu'à la nouvelle terre, et le regarda disparaître, puis il retourna finir sa pile de bois de corde.

# XII

Le docteur Horatio Plowden dormait profondément depuis plusieurs heures quand il fut éveillé par l'appel violent et insistant d'un avertisseur de voiture dans l'allée, juste sous sa fenêtre. Il s'assit au bord du lit et alluma. A côté de lui, sa femme Betty, habituée et résignée à la voir réveiller à toute heure du jour et de la nuit pour des naissances, des morts ou des maux d'estomac, se retourna avec un grognement et se rendormit.

A sa montre, il vit qu'il était deux heures du matin. Cela faisait quarante ans que, sans se plaindre, il répondait à toute heure à l'appel des malades, blancs ou noirs, dans tous les coins de Tallulah County. Le temps d'allumer, il était complètement réveillé. Il étendit le bras pour prendre sa robe de chambre, mit ses chaussons et alla ouvrir.

Au moment où il alluma la lampe extérieure, la conduite intérieure verte qui était arrêtée dans l'allée, moteur en marche, fit un demi-tour rapide et disparut sans qu'il ait le temps de bien la voir. Il frissonna dans le froid de cette nuit de décembre, en se demandant si c'était une farce. Il allait rentrer quand il vit une grande enveloppe blanche épinglée à la porte de grillage. Il la prit et l'examina. C'était une enveloppe ordinaire, fermée, sans autre signe distinctif qu'une suscription au crayon :

*Kathyanne Bazemore*
*Gwinett Alley*

S'attendant à trouver quelque explication à l'intérieur, il déchira l'enveloppe et, à sa grande surprise, vit un billet tout neuf de cent dollars. Il n'y avait rien d'autre. Par le temps qui courait, le seul endroit où on pouvait voir un billet de cent dollars tout craquant neuf, c'était dans les mains du caissier de l'Estherville State Bank. Il gloussa à cette idée, et se promit d'en rire avec George Swayne la prochaine fois qu'il le verrait. Il rentra s'habiller pour aller à Gwinett Alley.

Il n'avait aucune idée du motif de cet appel si mystérieux, à cette heure de la nuit. Quelques semaines avant, il avait fait le nécessaire pour que tante Hazel soit admise à l'hôpital, dans le service des vieillards et des incurables. Là au moins, elle recevrait des soins médicaux jusqu'à sa mort. Mais il ne voyait pas la relation entre les deux incidents. Il n'avait pas vu Kathyanne depuis la fin de l'été, un jour où il lui avait parlé dans la rue, et elle lui avait paru en bonne santé et avec un bon moral.

Le docteur Plowden pouvait avoir soixante-cinq ans ; ses cheveux étaient gris depuis une douzaine d'années et l'âge l'avait un peu amoindri, mais il se tenait encore droit et sa main ne tremblait pas. Son plus grand défaut était de penser plus à son art et à la santé de ses malades qu'à son propre bien-être. Il avait toujours été absorbé par son travail au point de n'avoir jamais eu le temps de prendre des vacances, pas plus que celui de se consacrer à sa famille, comme s'en plaignait sa femme. La seule activité qui l'intéressait en dehors de la médecine était la chasse aux oiseaux, mais il n'avait pas tiré un coup de fusil en quinze ans. Longtemps, Betty avait espéré le convaincre de prendre sa retraite, et de laisser sa clientèle à un homme plus jeune, mais il aimait la médecine et avait bien l'intention de se maintenir en activité jusqu'à sa mort. Il avait souvent exprimé le souhait de mourir en allant voir un de ses malades, ou mieux en revenant de le voir. Il avait commencé à exercer immédiatement à sa sortie de l'école de médecine, en un temps où les médecins de campagne devaient avoir deux ou trois bons chevaux et en tenir un attelé en permanence afin d'être toujours prêt à partir sans délai, en cas d'urgence. Depuis qu'on avait construit de bonnes routes, et qu'il pouvait faire ses visites en voiture, il avait régulièrement usé une auto par an, et un de ses grands regrets était de ne plus être assez jeune pour piloter un petit bi-place. Il avait le privilège, du fait de son âge et du respect qu'il inspirait, de pouvoir, avec une franchise brutale, châtier ce qu'on considérait comme immoral dans la conduite de certains autres médecins d'Estherville. Il était convaincu que la plupart des jeunes, pensant égoïstement à leur confort ou aux obligations mondaines de leurs femmes, s'étaient secrètement mis d'accord pour écourter leurs heures de consultation et ne faire aucune visite de nuit, quelle que soit l'urgence. Pour d'autres, et en particulier pour ceux qui, à l'exemple du docteur Lamarr English, se servaient de l'argent qu'ils avaient gagné par la médecine pour s'improviser prêteurs sur une grande échelle, il n'avait que mépris.

En passant devant le *Vingt-Quatre Heures*, il s'arrêta

pour prendre une tasse de café. On était à quelque jours de Noël et des guirlandes de houx accrochées sur la caisse enregistreuse et au-dessus des glaces de devanture, donnaient à ce restaurant une allure sympathique qu'il n'avait pas le reste de l'année. En plus du cuisinier de nuit et du garçon, il n'y avait que trois autres hommes dans le restaurant. Il alla s'asseoir sur le plus proche tabouret. Comme il était pressé, il déboutonna son gros pardessus gris, mais il ne l'enleva pas. L'un des hommes était Will Hanford, l'agent du service de nuit qui, de notoriété publique, passait fort peu de temps l'hiver dans les rues. Les deux autres étaient des chauffeurs de camions d'oranges qui faisaient passer des disques sur le pick-up à sous, tout en mangeant des œufs au jambon. Will Hanford, grande gueule comme d'habitude, vint taper sur l'épaule du docteur Plowden.

— Alors, Doc ! Vous voilà encore debout ! Vous ne croyez pas qu'un homme de votre âge devrait être au lit ? dit Will assez fort pour que tout le monde l'entende. — Mais pourquoi continuez-vous à vous lever au milieu de la nuit pour aller recoudre les boyaux d'un nègre, quand il y a tant de docteurs plus jeunes ?

— Je ne sais pas, Will, dit-il d'un ton grave. — Il savait que Will essayait de lui faire dire où il allait, parce qu'il aimait bien faire une apparition brusque et inattendue dans les endroits où étaient rassemblés des nègres, et procéder à une arrestation sous un prétexte quelconque. Mais Plowden n'avait pas l'intention de dire qu'il allait chez Kathyanne Bazemore. — Peut-être parce qu'il y a toujours quelqu'un qui a besoin de soins, et je me le reprocherais si je ne faisais pas tout ce que je peux. C'est probablement pour ça que Dieu a mis sur terre des hommes comme vous et moi, pour veiller tard et s'occuper des gens qui ont besoin d'aide.

Cette fois, Will posa franchement la question qui lui brûlait la langue.

— Et qui donc allez vous voir à cette heure de la nuit, Doc ? Un nègre qui devrait déjà être crevé ? Si vous dites qui c'est, je le fous en taule et ça vous épargnera le souci de lui sauver la vie !

— Nous sommes tous des êtres humains, Will, dit-il avec bonté. Il va falloir que vous appreniez à les traiter tous de la même façon, blancs ou noirs, ou alors, on ne voudra plus de vous un de ces jours. Je sais que vous avez l'intention d'éliminer tous les nègres, et vous n'êtes pas le seul, mais là, vous vous trompez. Le monde a pas mal changé en une génération et il changera encore au cours de la prochaine. Peut-être ne vivrai-je pas assez longtemps pour voir le changement, mais j'espère que vous, vous le verrez.

Il but son café à petites gorgées et les disques changèrent avec bruit dans la boîte à musique. Will se tut quelques instants.

— Vous avez peut-être raison, Doc ; il regarda les deux jeunes chauffeurs à l'autre bout du restaurant. Il ne dit rien avant que le garçon n'arrive à portée de voix. Puis, assez fort pour que tout le monde l'entende :

— Je crois que la seule différence entre vous et moi, Doc, dit-il, c'est que vous aimez aider les gens et moi j'aime être aussi vache que je peux avec ceux qui je rencontre professionnellement. Je serais bien malheureux de rendre mon revolver et d'aller me coucher tous les soirs à neuf heures. Je n'aurais pas l'impression que la vie vaut encore le coup, si je ne pouvais pas foutre les foies à un nègre tous les soirs et en mettre un au bloc.

— C'est probablement la seule différence entre nous, Will. — Et le docteur Plowden termina rapidement son café.

Il était trois heures un quart quand il quitta le *Vint-Quatre Heures.* Et quelques minutes plus tard, portant sa lourde sacoche, il sortait de sa voiture dans Gwinett Alley. Les persiennes étaient closes, mais sous la porte il vit un rai de lumière. Il frappa.

Il n'y eut d'abord qu'un bruit de pas précipités sur le plancher. Quelqu'un renversa une chaise et puis ce fut le silence total. Il attendit, et frappa une seconde fois, un peu plus fort. Bientôt on entrebâilla la porte. Quelqu'un risqua un œil, et il cogna avec impatience. La porte gagna quelques centimètres.

— Qui est-ce ? murmura une voix.

— Le docteur Plowden ! dit-il d'une voix rogue, irrité par ces simagrées.

— Le docteur Plowden ! La voix exprimait la surprise.

— Qui voulez-vous que ce soit ? Ouvrez-moi la porte !

Il y eut des murmures affairés de l'autre côté.

— Vous voulez quelque chose, docteur Plowden ?

— Je veux entrer. Je ne sais pas qui vous êtes, mais ouvrez, bon sang ! Je ne vais pas rester ici à geler toute la nuit ! Qu'est-ce que vous avez donc ? Ouvrez !

Il entendit une conversation précipitée, mais il ne pouvait toujours pas comprendre ce qui se disait. Il piétina avec bruit sur le porche en bois, pour se réchauffer les pieds.

— Il n'y a personne d'autre avec vous, docteur Plowden ? Il n'y a pas Will Hanford ?

— Mais non ! Je suis tout seul. Ouvrez donc !

La porte s'ouvrit, et il entra aussitôt. A la lumière du

feu de bûches, il reconnut Henry Beck. Il alla à la cheminée. Il y avait encore deux noires, Nettie Dunn et sa fille Alethea, qui le regardaient d'un air anxieux. Dans le coin éloignée de la pièce unique, empaquetée dans des couvertures faites de petits morceaux aux couleurs vives, dans un grand lit à colonnes, se trouvait Kathyanne. Il voyait tout juste assez de sa figure pour la reconnaître. Sous ses pas, le plancher grinça. Il se mit le dos à la chaleur des bûches de chêne. Des guirlandes de Noël avaient été mises au-dessus des fenêtres et il y avait une grosse touffe de gui accrochée à un clou au-dessus de la cheminée. A part le grand lit à deux places, le mobilier comprenait quelques chaises droites, deux rocking-chairs, un buffet et une table. Sur les murs de planches étaient collées des illustrations de magazine en couleurs.

— Bonjour, — fit le docteur Plowden d'un ton plaisant, en les regardant les uns après les autres et en se frottant les mains derrière le dos dans la chaleur du feu. — Sale hiver cette année. Vague de froid depuis le début de l'automne. Il va geler dur cette nuit. Le climat doit changer, c'est l'avis de beaucoup de gens.

— Oui, monsieur, dit Henry d'un ton craintif.

Un par un, Henry et les femmes entassés de l'autre côté de la cheminée acquiescèrent de la tête à ses commentaires sur le temps, mais continuèrent à le regarder d'un air interrogateur. Il enleva son lourd manteau gris et le laissa tomber sur une chaise.

— Alors, Kathyanne, on dirait que c'est vous la malade, dit-il d'on ton alerte en la regardant par-dessus ses lunettes, immobile dans son énorme lit de bois.

— Ça va aller, docteur Plowden, dit-elle en essayant de cacher la faiblesse évidente de sa voix.

La vieille Nettie Dunn, debout au coin de la

cheminée, n'avait pas encore ouvert la bouche depuis qu'il était entré, et il la questionna du regard. C'est alors qu'il remarqua que le grand panier d'osier près du feu contenait un nouveau-né. La sage-femme et sa fille le regardèrent d'un air tendu, tandis qu'il se penchait sur le panier.

— Mais ! qu'est-ce que c'est ? — Il prit une chaise, et s'assit tout à côté. Puis il tira les couvertures de coton avec précaution. — Ah, ça, alors ! — Il sourit pour la première fois.

Les deux femmes se mirent à genoux à côté du panier, tandis qu'il découvrait le bébé.

— Une fille ! dit-il d'un air satisfait. Il fit à Nettie un signe d'approbation professionnelle. — Je vois bien qu'elle a été entre des mains expertes, Nettie. Vous les sages-femmes, vous avez l'air de vous débrouiller aussi bien que nous, mieux peut-être, après tout. Alors une fille est née pour maintenir l'équilibre de ce vieux monde, dit-il comme en se parlant à lui-même. Et une jolie petite fille, avec ça ! Nous serions dans un beau pétrin si les choses ne se passaient pas ainsi. Elle est beaucoup plus claire que bien des gens qui passent pour blancs, c'est sans doute une quadronne, Nettie. La nature sait encore ce qu'elle fait. Voilà une fille qui sera encore plus belle que sa mère, et c'est beaucoup dire. Mais, ça c'est sûr. J'ai mis assez de bébés au monde et j'en ai vu assez grandir pour savoir ce que je dis. C'est ce que cherche toujours la nature, produire une femme parfaite. Dans la vie il ne faut pas discuter avec la nature, il y a longtemps qu'elle est à la recherche de la perfection, et elle n'en est pas loin.

Il couvrit l'enfant avec précaution, prit son sac et alla près du lit.

— Elle va bien, docteur Plowden ? Dites-moi.

— Sage comme une image, et tout aussi jolie, Kathyanne. C'est une petite fille ravissante. Vous avez été bien soignée, et le bébé aussi. Je n'ai jamais vu Nettie faire une erreur. Comment vous sentez-vous ?

— Ça va...

Il prit une chaise et s'assit. Il l'ausculta puis lui tapota la main.

— Vous êtes bien constituée, ça ira. Et maintenant vous avez un beau bébé. Il ne faut pas vous en faire. Mais vous auriez dû m'envoyer chercher pour l'accouchement. J'aurais pu aider Nettie et sa fille. Pourquoi ne m'avez-vous pas envoyer chercher plus tôt ?

— Mais, nous ne vous avons pas envoyé chercher du tout ! dit-elle, l'air étonné. Comment avez-vous su ?

Il se renversa contre le dossier de sa chaise et réfléchit à ce qu'elle venait de dire. Il comprenait maintenant pourquoi Henry avait mis tant de mauvaise volonté à ouvrir.

— Oh ! de nos jours les nouvelles vont vite ! Je suis venu dès que j'en ai entendu parler. » Il s'arrêta et la fixa d'un air songeur. Ses pensées n'étaient pas encore très claires. « Mais, je ne savais pas que vous attendiez un bébé. Pourquoi n'êtes-vous pas venue me voir à mon cabinet ? Depuis combien de temps êtes-vous mariée ?

Elle regarda les autres avant de répondre. Henry, le dos au mur, la fixait.

— Je ne suis pas mariée, docteur Plowden, dit-elle à voix basse.

Il ne s'attendait pas à cela. Il se pencha en avant.

— Et qui est le père, Kathyanne ? dit-il en baissant le ton.

Elle le regarda dans les yeux mais ne répondit pas.

— Ce garçon-là ? Il indiqua Henry d'un geste de la tête.

— Non, docteur Plowden, pas Henry.

— Ça m'étonnait aussi. Qui était le blanc, Kathyanne ?

Elle se refusa à répondre.

— Il me semble que vous étiez placée chez les Swayne à un moment donné. Voyons, si je me souviens bien, c'était au début du printemps. Vous êtes entrée chez eux, il y a un an, à peu près, quand vous êtes arrivée en ville avec votre frère.

Il s'arrêta en voyant les larmes dans ses yeux.

— Ne vous en faites pas, Kathyanne, mon petit, dit-il précipitamment en lui tapotant la main. Je comprends.

Personne ne dit rien pendant quelques minutes. Bientôt il se tourna vers Henry qui était toujours devant le feu.

— Alors Henry, qu'est-ce qu'il fait ici ?

— Il est seulement venu aider.

— C'est tout ?

— Il dit qu'il veut m'épouser.

— Maintenant ?

Elle hocha la tête.

— Et vous, vous voulez l'épouser ?

— Je n'ai pas dit non.

— Il a du travail ?

— Oui, docteur Plowden, chez monsieur Tyson Porcher.

Il la regarda, et tous deux se mirent à sourire.

— Bon ! maintenant, vous avez besoin de quelqu'un pour veiller sur vous, Kathyanne, vous ne pouvez plus rester toute seule.

— Oui, je sais.

Il contemplait les taches de couleur de la couverture.

— Vous n'avez plus votre frère maintenant... un crime ! et dire que Burgess Tarver ne sera jamais jugé ! Et même si cela arrivait, il a un témoin qui jurerait qu'il était en état de légitime défense. Et maintenant que tante Hazel est à l'hôpital, vous voilà toute seule, enfin, à part vos parents, je suppose.

— Ma mère est morte, docteur Plowden, et mon père... je n'en ai jamais eu, enfin je ne l'ai jamais connu.

Elle souleva la tête et regarda le panier d'osier.

— Mais, elle, elle est à moi ! Je l'ai maintenant, bien à moi !

— Comment allez-vous l'appeler ?

— Céleste.

— Un joli nom pour une jolie petite fille, et comme nom de famille ?

Sans le regarder, elle secoua la tête.

— Je ne sais pas, à moins que...

— Oui, je sais. Eh bien, ce serait une bonne idée de vous marier avec Henry Beck, si vous en avez envie tous les deux. Il veut vraiment vous épouser maintenant ?

Elle tourna la tête sur son oreiller et regarda Henry qui, n'ayant rien saisi de ce qu'ils disaient à voix basse, les regardait d'un air boudeur.

— Henry, appela le docteur Plowden. Qu'est-ce qui te tracasse, mon garçon ?

Il parut soudain embarrassé de son grand corps musculeux.

— Y a pas grand-chose qui me tracasse, sauf elle, docteur Plowden. Elle va bien aller à présent ?

— Oui, Henry, ça va aller.

— Je suis bien content, pour sûr. — Il sourit à

Kathyanne. — C'est une bonne nouvelle, oui, une bonne nouvelle.

Le docteur se renversa en arrière.

— Voyons, encore cinq jour d'ici Noël, vers le jour de l'an, elle pourra faire ce qu'elle voudra, Henry.

Henry regardait le panier d'osier à côté de Nettie Dunn.

— Je ne savais pas ce qui se préparait... Il n'y a pas longtemps que j'ai appris, docteur Plowden, dit-il d'un air malheureux. Elle ne m'avait rien dit. Et chaque fois que je venais la voir et que je lui demandais pourquoi elle avait changé, elle ne voulait rien me dire. Elle a toujours eu l'air d'avoir un gros secret derrière la tête, et elle avait l'air de dire que ce n'était pas mon affaire. Je savais bien qu'il se passait quelque chose qu'on ne me disait pas, mais je n'ai pas été sûr avant ce soir. Moi, j'aime pas qu'on essaie de m'avoir comme ça, ni elle ni les autres. Ah ! non.

— Allons, Henry, tout le monde sait que les filles, ça aime les petits secrets, et qu'un homme ne doit pas s'attendre à tout savoir avec elles. Elles sont comme ça. C'est naturel. Ça fait partie de leur arsenal, pour ainsi dire. Elles ne seraient pas les mêmes si elles n'en avaient pas. Et comment feraient-elles, mon garçon, sans leurs petits secrets ?

— Oui, mais elle aurait quand même bien pu me dire. Enfin, je ne lui en veux pas.

— Voilà ! c'est bien parlé, Henry ! Il y a un tas de choses qui arrivent à des filles comme Kathyanne et contre lesquelles on ne peut rien. Faut pas lui en vouloir. C'est une fille bien, je t'assure. Alors, Kathyanne et toi, vous voilà avec un joli début de famille et c'est à toi de les faire vivre toutes les deux. Faudra plus jeter l'argent par les fenêtres, maintenant.

C'est une responsabilité pour un homme. Alors, mon garçon, c'est oui ?

— Oui, monsieur, dit-il avec un long soupir, c'est oui. Il fronça les sourcils. Mais maintenant faudra qu'elle m'écoute, et qu'elle n'aie plus l'air de me cacher des choses. Et je ne veux pas que ce soit elle qui porte la culotte ! Mais, enfin, si elle est d'accord pour se marier avec moi, je ne dis pas non.

— Alors, tout va bien, Henry. Il ne te reste plus qu'à faire ta demande.

— Oui, Monsieur, dit-il en jetant à Kathyanne un regard plein d'espoir.

Du coin de l'œil, le docteur Plowden voyait Kathyanne regarder Henry avec admiration. Elle était radieuse d'une attente heureuse. Il se leva et en même temps sortit l'enveloppe de sa poche. Quand il la mit dans sa main, elle le regarda attentivement puis l'ouvrit. Le billet neuf tomba sur la couverture.

— Qu'est-ce que c'est, docteur Plowden ! A qui est-ce ?

Henry s'approcha, la bouche ouverte devant tant d'argent.

— C'est à vous Kathyanne. Un cadeau pour vous et le bébé. Ça servira à acheter de jolis vêtements chauds à Céleste, et beaucoup d'autres choses. Et puis, tâchez d'en dépenser un peu pour vous aussi !

— Je ne sais pas pourquoi vous me donnez tout cet argent. Je n'en ai jamais tant vu à la fois. Cent dollars !

Il indiqua Henry d'un geste de la tête.

— Ne donnez pas ces sous-là à Henry. C'est à vous, en entier. Avant dc commencer à les dépenser, vous feriez bien d'aller à la banque demander à George Swayne de vous changer le billet en petites coupures.

Et je crois que cela lui fera plaisir de savoir que vous êtes si riche.

Il savait maintenant qu'elle comprendrait d'où venait cet argent, si ce n'était déjà fait. Après s'être bien réchauffé devant le feu, il mit son grand manteau gris avec l'aide d'Henry.

— Allons, au travail, Henry, si tu dois entretenir une famille, faut bien te dire que cela demande beaucoup de travail à notre époque. — Il lui sourit, lui prit la main et la serra avec chaleur. — Mais, si c'est pour Kathyanne, ça vaut la peine, hein, Henry ?

— Oui, docteur Plowden, je m'occuperai bien d'elles, n'ayez pas peur.

Le docteur Plowden alla jusqu'à la porte qu'Henry lui ouvrit. Sur le seuil il appela Nettie Dunn.

— Je reviendrai en fin d'après-midi pour voir comment vont la mère et l'enfant. Faites bien attention en attendant. N'oubliez pas d'employer de l'eau bouillante pour rincer les plats et les ustensiles, on ne prend jamais trop de précautions.

— Oui, docteur Plowden, je n'oublierai pas.

En se retournant, il vit Kathyanne soulever la tête. Dans ses yeux se reflétait la lumière du feu.

— Docteur Plowden ?

— Oui, Kathyanne ?

— Docteur Plowden, Dieu vous bénisse !

Il ne sut pas ce qui lui arrivait, mais il sentit des larmes tièdes de gratitude emplir ses yeux. Comme sa vision se brouillait, il étendit la main et se tint au montant de la porte. En s'y accrochant, il se sentit vivre un instant privilégié de son existence, et revit toute son existence en quelques secondes. Il avait aidé des milliers d'hommes, de femmes, et d'enfants, en avait sauvé certains, avait prolongé la vie des autres, réconforté ceux qui étaient découragés, et maintenant il lui semblait que tous ceux qu'il avait aidés au cours de ses quarante années venaient le remercier du fond de leur cœur. En lui se répétaient les mots de Kathyanne. Cette mulâtresse, en cette nuit froide de décembre, dans la pauvreté crasseuse de Gwinett Alley, l'avait sans le savoir payé de toute une vie de travail. Il était maintenant satisfait de son existence.

A l'aveuglette, les mains en avant, il descendit en trébuchant les marches branlantes du perron.

— Docteur Plowden, ça va bien ? appela Henry en courant derrière lui.

— Oui, oui ! répondit-il brièvement en écartant Henry. Ça va, mon garçon, laisse-moi.

Au lieu de retourner à la porte de la cabane, Henry s'arrêta dans la cour et écouta le crissement de ses pas dans la nuit froide de l'hiver. La barrière s'ouvrit en grinçant sur ses gonds.

Et puis, soudain, sans un cri, sans une protestation, un corps en manteau gris s'écroula sur le sol gelé de Gwinett Alley.

## DU MÊME AUTEUR

*Aux Éditions Gallimard*

LE PETIT ARPENT DU BON DIEU.
LA ROUTE AU TABAC.
NOUS LES VIVANTS.
UN PAUVRE TYPE.
BAGARRE DE JUILLET.
TERRE TRAGIQUE.
UN CHÂTELAIN DES HAUTES TERRES.
UN P'TIT GARS DE GÉORGIE.
LES VOIES DU SEIGNEUR.
LE DOIGT DE DIEU.
TOUTE LA VÉRITÉ.
SOLEIL DU SUD.
UN PATELIN NOMMÉ ESTHERVILLE.
... MAIS L'ART EST DIFFICILE.
LA RAVAGEUSE.
JENNY TOUTE NUE.

*Impression Bussière à Saint-Amand (Cher),*
*le 14 octobre 1985.*
*Dépôt légal : octobre 1985.*
*Numéro d'imprimeur : 1420.*
ISBN 2-07-037685-0./Imprimé en France.